U0928193

东樵意韵丛书

诗意罗浮

毛锦钦　著

暨南大学出版社
JINAN UNIVERSITY PRESS
中国·广州

图书在版编目（CIP）数据

诗意罗浮/毛锦钦著．—广州：暨南大学出版社，2011.5
（东樵意韵丛书）
ISBN 978-7-81135-877-3

Ⅰ．①诗…　Ⅱ．①毛…　Ⅲ．①散文集—中国—当代　Ⅳ．①I267

中国版本图书馆 CIP 数据核字(2011)第 101600 号

出版发行：暨南大学出版社

地　址：中国广州暨南大学
电　话：总编室（8620）85221601
　　　　营销部（8620）85225284　85228291　85228292（邮购）
传　真：（8620）85221583（办公室）　85223774（营销部）
邮　编：510630
网　址：http：//www.jnupress.com　http：//press.jnu.edu.cn

排　版：广州市天河星辰文化发展部照排中心
印　刷：深圳市新联美术印刷有限公司

开　本：787mm×1092mm　1/16
印　张：12.125
字　数：124 千
版　次：2011 年 5 月第 1 版
印　次：2011 年 5 月第 1 次

定　价：39.80 元

目 录

序

郭小东

穷诸诗性觅罗浮

——序毛锦钦《诗意罗浮》

面对这本书的作者，或者说品读作者这些叙说罗浮的文字之后，我想至少是我，关于罗浮，已无话可说。似乎关于罗浮的一切，都已然为作者说尽。尽管我知道，对罗浮，作者尚有许多话要说，他还将继续为我们叙说他的罗浮，继已经出版《问道罗浮》、《仙境罗浮》和即将出版的这本《诗意罗浮》之后。

我惊叹的是，一个人，和一座山，如何有这么多的对话？如何有这么绵远的关于一座山的思绪？他和罗浮一起，经过几千年的穿越，而一点也不感到疲倦——文化与文明的疲倦，却依然矍铄，更深入地进入罗浮的内心，把一座山的神秘、活泼和沉淀呼唤出来，让世人惊羡于它原本藏匿着的沉默着的灵魂，原来是如此的悠远与生动。

在当下的广东，似乎还没有学人，像本书作者毛锦钦一般，执著地沉迷于故乡与童年的山水，把解读神山圣水，当作自己毕生的文化追求，孜孜不倦地把玩着、精研着，然后捧出一本本关于罗浮的书。

这些书写得大气，雅致，尽收罗浮物事风习，有精微的历史考据，沉静的时间梳理，丰满的知识撑持，充沛的宗教精神。有一种虔敬的伦理，一种神明的叩问，同时人文化成，修葺出道脉源远流长，道宗清晰有序的罗浮；穷诸彼时彼地的时政得失、人事臧否，诸神密语幽藏的罗浮。

细究作者，并非历史学的专业人士，而是有过新闻电视兼顾文学方面的工作经历，主业还是行政官员，现还在任上。可是他文化之心拳拳，对罗浮的文化破解和本土文化的建设如弦切切。毛锦钦的作为，更为权重的，自然还有别的价值。而眼下有些官员，对学问大有嗜好，却缺失本真的文史修养，为官一方，对其文事，却如游鱼走鲫，如蜻蜓点水。套用文学批评史术语，说得含蓄轻曼一点，叫做重文轻质，亦即重形式轻内容。若身陷罗浮，亦将视为无物。

毛锦钦将这几年诉之罗浮的系列散文结集，命名为“东樵意韵丛书”，分别以“仙境”、“问道”、“诗意”等，诠释演绎着全新视野里的罗浮，贯通融出与西樵遥相呼应，同本同源的岭南文明。他诸集中的罗浮，可谓是在诸神合唱之中簇拥而出的圣灵。在“仙境”与“问道”之后，氤氲着大地与星空之太息的罗浮，如贤达如上善者，诗意地栖居。罗浮也作为道法自然的人，或说人作为道法自然的罗浮，合体而为东樵山峦的樵夫，在时间的绵远中自如地穿行。这是罗浮对人的关照，也是人诉之罗浮的理想。毛锦钦的文章，让读者进入了这样的仙境，而问道、而诗意地存在着。这就是毛锦钦散文的意义群所彰显的魅力。

与一般的所谓文化散文、学者散文不同的是，在毛锦钦的文章里，罗浮的历史与现状，是处于人文包围与建设之中的。而人与自然的相得益彰，互为因果，人文化成，是罗浮正大光明、延衍生息的根本法则。

《问道罗浮》集中研究、铺陈、讲述同时生发道教之于罗浮的脉络，从发生发展到高潮的存在之间，历经了几千年的沧桑异变。它之形胜，之钟灵毓秀、之岭南文化涵泳，是自古以来，无数贤德君子，圣人智者乐于斯的滋养，是在中国民间最优秀的传统文化的包裹与挟持中，自然而然地诞生并渐次丰盈超脱、自成一体且傲然于世的品格。它既立根于中国文化的根柢道教，又充分地延展伸张了道教中最为自由最为虚无的力度。这种解读罗浮的主体思想，使毛锦钦的散文既有一种智者的天启，又是一种铺陈排序的朴质。他的文气并不气壮如牛，往往从史实出发，娓娓道来，在客观的叙事中，把无数湮没的陈年旧事，以一种文学的方式，予以智慧的略带学术判断的议论，绝不虚浮而是引经据典，老老实实地铺排开去，既叩问且释疑。既为读者和研究家们提供了大量的文史线索包括资料，又不失独立的学术品格和向学的特立精神。这几成他文章的基本立场。他所有的散文作品，几乎都可以寻找到这样的潜伏，那就是恪守出于老子的千古密语："人法地，地法天，天法道，道法自然。"他在宇宙精神与哲学认知上，自觉笃守这千古密语所耗散辐射之无穷无尽的灵异触须。这触须所到之处，衍生着关于罗浮的一切因缘和万物生成，包括人文精神的造化。凡是进入毛锦钦散文视野的罗浮物事，无不超越罗浮的历史时空，超越罗浮的形而下状况，而获得一种高远高蹈的精神感应和遥缈的时间审视。

称道毛锦钦，首先他关注的是罗浮文化与人的关系，也即自然生成与人的关系，说白了就是人文化成的奥秘。在《问道罗浮》和《诗意罗浮》中，他着重描述的是古往今来与罗浮共生共命的历史名人，他们打造罗浮的同时，也锻造了罗浮仙山。在《问道罗浮》"前言"中，毛锦钦梳理出了各朝各代相关罗浮的名人及其文事功绩，包括学术建树和精神资源。从秦代的安期生、桂父、霍龙，到汉代的朱灵芝、阴长生、华子期、东郭延年、左慈、葛玄、郑隐；从魏晋的鲍靓、葛洪、东野人，到唐宋的苏元朗、轩辕集、陈楠、白玉蟾；从元明的徐子明、梁可澜，到清代的曾一贯、杜阳栋、李明彻、陈铭珪等等，他们都在罗浮修炼并留下文化履痕。至于陆贾、刘禹锡、苏轼、杨万里、汤显祖这些古代文坛大家，对罗浮更是思之慕之，留下千古诗文。是这些名人塑造了名山，堆积起罗浮的文化高峰；又是这名山高峰，培植了更多更为丰厚的文化名人。罗浮正是在这样互为因缘的法则中，被一点点推簇到众山之巅的。

欲谈《诗意罗浮》，就必然不可忽略《问道罗浮》中，那篇长达数万字的长篇散文，或当作学术论文来读也未尝不可。这篇叫做《仙风道骨 成就卓越》的散文，系统地讲述了葛洪的学术思想和知识谱系及其成就贡献。这位著述宏富，生于1 700年前的道人，据毛锦钦所述，至今留下可以确信为他所著的典籍至少有四部：《神仙传》、《抱朴子内篇》、《抱朴子外篇》、《肘后备急方》。对抱朴子的描述与研究，奠定了毛锦钦之于罗浮的文化认知和哲学见识。可以说，只有在这个文化底蕴上，《诗意罗浮》的立论与立意方可成立并发扬光大。作为一种处世与治学的思想和方法论，它直接地牵囿着《诗意罗浮》中讲述的民间生存状况及文化衍化。

集中22篇散文，分别讲述了与罗浮仙山有关的民间物事，包括器物与风习的生成与传播。作为一种民间生活方式自然也包含思想方式，在民间的诗意化生存，尤以所引道家葛长庚词为甚：“满洞苔钱，买断风烟，笑桃花流落晴川。石楼高处，夜夜啼猿。看二更云、三更月、四更天。　　细草如毡，独枕空拳。与山麋、野鹿同眠。残霞未散，淡雾沈绵。是晋时人、唐时洞、汉时仙。”洞天福地，魂断时空。这种宽阔的精神视阈，这种容天涵地的广袤胸怀，这种对生命和人生持实存又虚无的情操，几成毛锦钦散文的一种风度，它造化了罗浮，又得益于诗人睿智放达、无疆无羁的情性。

《诗意罗浮》就是在这样的开台锣鼓及其所由的诗性理想中展开。凡“罗浮鼓韵”、“药池仙影”、“罗浮狮舞”、“古窑沉思”、“神奇，仙山龙脉”、“古树余思”，不一而足，篇篇都满溢着毛锦钦对罗浮诗性存在的冥思和想象。而这一切都源于毛锦钦此前早已铺垫夯实了的文化机缘。

“青铜与金丹、木与果、瀑与水、灯与火、土与陶的交相融合而绘成的五彩罗浮山，犹如一个美丽的女人，她穿着五彩斑斓的衣裳，带着沧桑，带着微笑，带着‘天人合一’和‘道法自然’的伟大思想，从远古走来……”毛锦钦的这段话，就当作是他对自己作品的自觉吧！

是为序。

2011年5月1日

（郭小东系著名文学评论家、小说家，广东省作家协会副主席，广东民族学院副院长）

前 言

走进罗浮山，宛如走进一个色彩斑斓、琳琅满目的万花筒，这精彩诠释着岭南文明的博大精深和历史文化的源远流长。

《诗意罗浮》是散文集《仙境罗浮》的姊妹篇。如果说《仙境罗浮》展示了罗浮山的自然美，是一幅绚丽多彩、情景交融的画卷；那么，《诗意罗浮》则描写了罗浮山的人文美，是一部婀娜多姿、含蓄隽永的诗篇。两书从不同的视角充分展示了罗浮山的自然景观之美和人文历史之美。

《诗意罗浮》由22篇散文组成，以记叙、游记等手法，记录了罗浮山的宗教文化、历史文化、养生文化、饮食文化、旅游文化和生态文化。本书以罗浮山人文景观为线索，串起一系列传说、历史事件，以小见大，由景及人，叙事说理，每一篇都充满了对罗浮山的深情，对罗浮山的厚爱，对罗浮山的感悟。

诗意罗浮

这是一座仙山，禅宗道教，在历史的长河中铸就了厚重的宗教文化。

这是一座文山，文人墨客，在峥嵘的岁月里留下了深沉的诗情画意。

一首首诗篇，一幅幅画卷，绚丽多姿！

当你走进罗浮山，仙风拂面，仙境迷人，神秘和凝重的宗教氛围伴随着你，那古代的、近代的、现代的文化气息扑鼻而来。那令人瞩目的诗、词、赋、铭、联、画，汇成了罗浮山

灿烂的人文景观。仙山文化、宗教元素和诗情画意交相辉映，令游人展开遐想的双翅。

我一直以为，美在空与灵、远与近、似与非似之间，罗浮山的美正恰合这种景致，更加重了这种美的程度。其“有仙则名，有龙则灵”的仙境，为罗浮山的“出身”营造了高贵的神圣血统。“八仙风流游罗浮”、“安期神女醉酥醪”、“地行仙逍遥名山”、“仙姑下凡闹罗浮”等神奇和空灵的传说，虽是荒诞不稽，但这些从远古走来的神话和故事，为素有“神仙洞府”之称的罗浮山抹上了一层神秘的色彩。

司马迁在《史记》中，第一次提到罗浮山就是“名山五千，五岳坐镇。罗浮、括苍辈十山，为之佐命”，这是“罗浮山”的名字第一次进入国家的典籍。

罗浮山自古就被称为五岳之后十大名山之首。《后汉书·郡县志》载：“博罗有罗山，以浮山自会稽来傅之，故名罗浮。”清代屈大均有诗曰：“浮山泛海自东来，嫁与罗山不用媒。合体真同夫与妇，生儿尽作小蓬莱。”罗浮山有 432 峰，是“罗浮”这对“夫妻”的 432 个儿女，山上有峰，峰中有山，山峰相连、相叠、相衬，以达无极的境界，这更能为道教所推崇。中国道教在这里得到了发扬光大。

罗浮“道”之渊源。罗浮山道脉源远流长，罗浮山的道教遵奉于老子，其两千多年的道教历史，铸就了岭南道教祖庭。从秦代的安期生、桂父、霍龙，到汉时的朱灵芝、阴长生、华子期、东郭延年、左慈、葛玄、郑隐；从魏晋的鲍靓、葛洪、黄野人，到唐宋的苏元朗、轩辕集、陈楠、白玉蟾；从元明的徐子明、梁可澜，到清代的曾一贯、杜阳栋、李明彻、陈铭珪等都曾在罗浮山修道炼丹。传说中阴长生居于铁桥峰，苏元朗居于青霞谷，葛孝仙居于飞云顶，郑隐居于泉源福地，葛洪居于麻姑峰。徜徉在历史长河，众多名道士的身影把罗浮山的道教文化点缀得厚重无比。“开山祖”葛洪，曾两度南下，栖隐罗浮，优游闲养，笔耕不辍，著述极丰。他在罗浮写下了《抱朴子》等著作，既确定了我国的道教理论，又丰富了道教的思想内容，从而使罗浮山逐渐成为岭南道教名山。真所谓：“沧海桑田，葛洪从容寻道；仙风道骨，铸就罗浮文化。”

罗浮山不仅道脉源远流长、连绵不断，而且道宗清晰。中国道教是诸多道派的集合体，道教的派别，随着时代的变迁，在不断发生“裂变”和“聚变”，因而道派之间是复杂的。然而，万变不离其宗。罗浮山道教的脉宗主要是源于道教的金丹派和符箓派，在这原始的两大派中形成了金丹派和金丹派南宗，以及符箓派的灵宝派和全真龙门南宫派。罗浮山道教的宗派源流兼收并蓄，彼此吸取，在罗浮“神仙洞府”之中安身立命，彼此共存，打造了辉煌的罗浮道教文化。

在这样的境界，吸大山的灵气，食泉水之殷富，更能体现道教“天人合一”的元初道理和“道法自然”的宗教逻辑。罗浮山风景优美，仙境禅意，郁郁葱葱，古柏森森，给人一种飞天的感觉。这就与道教的炼丹修行、羽化升天的宗教向往相吻合。所以，自古以来，罗浮山道士云集，观庙林立，香火旺盛，被人们称为“神仙洞府”，闻名遐迩。有诗为证：

满洞苔钱，买断风烟，笑桃花流落晴川。石楼高处，夜夜啼猿。看二更云，三更月，四更天。　细草如毡，独枕空拳。与山麋、野鹿同眠。残霞未散，淡雾沈绵。是晋时人，唐时洞，汉时仙。（夏承焘等撰. 宋词鉴赏辞典. 上海：上海辞书出版社，2003）

这首词，是道家葛长庚以词的形式表现他在罗浮山洞天福地修炼的体验，为典型的道教文学。但它却客观地描述了罗浮山自然风光的悠长，道人的洒脱，自然的美好和永恒，以及作者回归自然的静谧心境。

中国的道教，往往和文人的辞赋、诗画融合在一起。这方面在罗浮山体现得最为淋漓尽致，非常“道家”。

罗浮山不但是道教名山，也是佛教名山。早在东晋升平三年（359），敦煌僧人单道开为避战远离京师，进入罗浮独处茅次，仅比葛洪上罗浮山炼丹修养迟二十多年，几乎是同代人。后来，单道开卒于罗浮山舍，北宋唐庚贬惠州时曾作文《二贤赞》，这“二贤”就是一道一僧的葛洪和单道开。至南北朝，南朝梁武帝大同年间正式把佛教引上罗浮山，在山上建延祥寺，在山下建资福寺。同时景泰禅师亦结庵小石楼，卓锡为泉；隋开皇中，禅宗三祖僧畅游罗浮，度沙弥道信为四祖，付以法衣后返故居合掌而逝。因罗浮山位于岭南中部，很多进入中原传法者都寄寓此山。至盛唐，罗浮山先后兴建了十八间佛寺（入明前，罗浮山有九观十八寺二十二庵之说），与道教平分天下，盛极一时，道士僧人云集于此，有“五百花首游罗浮”之盛会，并涌现出了一批高僧大德。

罗浮尊崇的宗教地位，不仅吸引众多善男信女顶礼膜拜，同时也有许多文人雅士登临题咏。自晋以来，不少著名的文人墨客为访求罗浮仙境，追寻葛仙遗迹，不辞千辛万苦，跋山涉水，远道而来，在神秘的罗浮山上，为之吟咏，或凿于崖，或题于壁，或见于书，或赋予诗画……

萧誉、陈尧佐、赵希婴、赵汝驭、王胄、周敦颐、陈称、陆贾、苏轼、杨万里、汤显祖、王宗沐……这些文人矫健而又浪漫的身影都曾在罗浮山的天空划过，留下经世的辞赋和歌吟。譬如陈称的《入罗浮》、陈尧佐的《罗浮图赞》、赵希婴的《见日庵记》、赵汝驭的《罗浮山行记》、汤显祖的《游罗浮山赋》、王宗沐的《游罗浮山记》等，都不约而同地赞叹了罗浮山的风物之美。

最出名、最具有代表性的人物还是北宋大文豪苏轼。他贬官到惠州，登罗浮山，置身于吐纳烟云的罗浮，观赏天地万象，体悟自然的妙谛，追求言外之意，弦外之音，韵外之旨，心中久孕的诗兴大发。苏轼寓惠州两年，寄情于山，挥毫创作了大量诗文，为罗浮山留下了一笔珍贵的文化遗产。

他吟罗浮山：“何人守蓬莱，夜半失左股。根株互连络，崖峤争吞吐。”

他饮罗浮酒：“一杯罗浮春，远饷采薇客。”

他赏罗浮梅：“罗浮山下梅花村，玉雪为骨冰为魂。”

他食罗浮荔枝："罗浮山下四时春，卢橘杨梅次第新。日啖荔枝三百颗，不辞长作岭南人。"则更是脍炙人口，成为千古绝唱。

很多人知道，罗浮山因为有了这些风格高朗、气势博大的诗，才得以名扬天下。但人们却不知道，在苏东坡命运多舛的一生中，罗浮山一直是一个神奇的坐标。胸怀天下的儒家入世观点，归隐山野的道教隐遁思想，仗剑天涯的侠义精神，苏东坡的一生与这几种截然不同的人生态度，反复地羁绊纠结。就是这个"东坡居士"，桀骜不驯的做派，豪迈奔放的风格，摧枯拉朽的热情，浩荡山河的气势，都未因挫折与困顿而改变，尽管这可能是命运对苏东坡的捉弄，但他仍然谈笑风生……

还有曲江诗人余靖，潮州文人李南仲，宝安诗人陈琏，蕉岭诗人丘逢甲，惠州进士江逢辰，番禺诗人李昴英，"南园五子"中的王佐、黄哲，"南园后五子"中的欧大任、黎民表，"岭南三家"的屈大均、陈恭尹、梁佩兰，"粤东三子"中的黄培芳，番禺进士张维屏，戊戌变法维新运动的康有为、梁启超等。这些名人先贤，倾情于罗浮山，跋山涉水，寻找山水之幽趣，那名篇佳作，以飘逸充盈的灵感，展现了罗浮山的优雅，描绘了罗浮山的神韵。以浓墨重彩的画卷，展示了罗浮山的美丽风采。

张维屏，字子树，号南山。他爱罗浮胜境，久居罗浮山的酥醪观，触景生情，写了一首《有酒诗》："有酒漉漉，百年电速；渴骥奔泉，枯鱼上竹；神离绛宫，鬼瞰华屋；醉饱优倡，饥寒戚族；前堂高歌，后户低哭；

镜花春红，墓草秋绿；谁欤慧业？识字忧伏。纸蠹低功，尔蚕自缚；索米一囊，呕血一斛；老佛攒眉，上仙捧腹；与尔灵丹，并非草木；尔病自医，尔药自服；病在有求，药在无欲；大笑咽之，百骸如沐。”道出了人生如梦和无欲无求的境界。

连从未来过罗浮山的谢灵运、李白、杜甫、徐陵、李贺、刘禹锡、朱熹、陈献章、宋广业、朱彝尊等人都慕名赋诗文。李白、杜甫分别写下“余欲罗浮隐，海上同飞翻”和“结托老人星，罗浮振衰步”的名句，渴望晚年归隐罗浮。他们至少在梦中来过这充满仙风道骨的罗浮山。谢灵运有《罗浮山赋》，李贺有《罗浮山人与葛篇》，陈献章诗有《罗浮》等，这些词、赋、诗对罗浮雄奇的山水风光，描写得宛如身历，美轮美奂。李南仲的《罗浮山赋》，陈澧的《罗浮睡了》，陈恭尹的《罗浮绝顶观日出》等诗文篇章，都引人入胜。

李南仲写的《罗浮山赋》也很有意思。他不仅把这座崛起于沧溟之边的罗浮山，赞为“乃百粤群山之祖，与南岳以齐肩”，而且以极其生动简洁的语言，把此山写得出神入化。他形容山景是“开者如盖、覆者如钟；銛者如戟、转者如弓；尊者如老、卑者如童；曲者如臂、乱者如蓬；排者如掌、碧者如瞳；平者如几、圆者如笼；展者如凤、猛者如熊；睚者如虎、蟠者如龙”，真是妙不可言。

白玉蟾，这位诗画兼修一身桀骜的高道，博览群书，学问丰富，道行高深，自然笔法超然不俗，非同凡响。为人豪爽侠义，狂饮而不醉，常乘酒兴即席挥毫，所作篆、隶、草书，所画人物、梅竹，恣肆、俊逸，在闽、浙、粤、赣、鄂一带颇有影响。其画迹有《修篁英水图》、《竹实来衾图》、《紫府真人像》、《纯阳子像》，著述有《海琼集》、《道德宝章》、《罗浮山志》等。

“论诗重性情，品画先神韵。”这风雅之地，其承天地独存之尊严、神韵和霸气，自然激发起不少艺术家的创作灵感，令他们在此挥洒丹青，创作出绝妙的书画作品，给后人留下了珍贵的艺术财富。

陈汝言，元末明初画家、诗人，字惟允，号秋水，临江（今江西清江）人，随父移居吴中（今江苏苏州）。擅画山水，曾游罗浮，绘有《罗浮山樵图》、《山居图》、《百丈泉图》等。《罗浮山樵图》非常大气，图中层峦叠嶂，沟壑纵横，大小山岗，密林丛生，山庄村居隐现于其中，一派草木繁茂、生机勃发之景。一股飞泉自远处山峰飞泻而下，至山脚变为潺潺细流，注入大河。笔法沉着而秀朗，用墨严实而苍浑。

王蒙，元代画家，浙江湖州人。其工人物，尤擅山水，纵逸多姿，得意之笔常用数家皴法，且又变古创法，自立门户，与黄公望、吴镇、倪瓒等合称“元四家”。对明清及现代山水画影响极大，传世作品有《青卞隐居图》、《葛稚川移居图》，图录于《中国名画宝鉴》及《中国历代名画集》。其中《葛稚川移居图》，是一幅描绘归隐的富有情节性的山水人物画。此图描绘的是晋代著名道士葛洪携家移居罗浮山修道的故事，截取了葛洪在移居路上的一段情景。整个画面谨严、深秀，营造出一种理想的隐居环境。王蒙与葛洪虽然年代相隔久远且身份迥异，但在许多方面却有着相同之处：二人皆出自名门，都欲入世做官，却均遭世弃，最终都选择了避世隐居。此画作是反映王蒙避世隐居思想的最具代表性的作品。

王冕，元代画家，诗人，浙江人。少即好学，但试进士不第，存翰林院不就，携妻孥归隐深山，卖画自给，首创以胭脂作梅花骨体，所作之梅花，繁花璀璨，风姿绰约，千丝万簇，珠脂隐现，生机盎然。绘有《南枝春早图》、《仿佛蓬莱群玉妃》。《南枝春早图》是王冕的代表作，画面上，一枝老梅虬枝如铁，从左上方以 S 形直插向右下角，粗壮的主干以书法的笔意奋力写出，挺劲洒脱，浑朴自然，没有丝毫的拖泥带水。枝干的末梢长短粗细各有不同。正所谓："有如斗柄者；有如铁鞭者；有如鹤膝者；有如龙角者；有如麟角者；有如弓梢者；有如钓竿者。"

丁云鹏，明代画家，字南羽，号圣华居士，安徽人。工画人物、佛像，得吴道子法，白描迷李公麟，设色学铖选，以精工见长，董其昌曾赠印章"毫生馆"，逢其得意之作尝一用之。他作有《罗浮花月图》，现藏于上海博物馆。

项圣谟，明代画家，浙江嘉兴人。他出生于收藏世家，擅长画山水，笔意淳雅，设色明丽。也画花木竹石和人物，尤其善画松，有"项松"之誉。后来家道贫寒，但不附权势，以卖画为生。曾游览罗浮，作画写照，赋诗纪胜。

何裕夫，罗浮人。工画，学诗及水墨戏图卷仿李俊明（昂英），为题七言古诗于卷末，以“话笔”称之。

宋广业，清代诗人，长洲（今江苏吴县）人，字澄溪，他欲游罗浮未果，乃取山志，以想象为卧游，于是搜索山志，凡有涉于罗浮之书悉汇致之，详细披阅，纂取其说，作《罗浮山图赞》。《四库全书总目》称“后来罗浮诸志，多以是为蓝本”。《罗浮山图赞》为罗浮山总图及分图，并附图说，共有插图三十一幅。总图为秀水陆奇绘，分图出自苏州画家杨点之手。线条精细，繁缛缜密，绘刻俱佳，堪称清初版画之精品。宋广业图赞：“天作高山，神灵之宅。第七洞天，佑命南极。福地泉源，二山若一。铁桥亘虚，丹梯接迹。远瞩增城，辉煌金碧。俯视沧海，空蒙荡涤。按图索骥，眼观耳食。卧游神往，心空境寂。”

此外，历代不少知名的书法家均曾在罗浮山留下其足迹及作品。如张萱、赖镜、张墉、石涛、汪后来、许仪、黎简、韩荣光、上官周、谢兰生、苏六朋、费丹旭、居廉、黄宾虹、齐白石、卢振寰、关山月等。

这风雅之地，人文荟萃，不仅翰墨飘香，而且石刻丰富，楹联工整对仗。镌刻在秀谷幽岩之间的摩崖石刻，是罗浮山文化遗产中闪亮的明珠，题挂在各处庙观中的牌匾楹联，其艺术价值更令人赞誉……

（2011 年 4 月 3 日）

罗浮鼓韵

这是一幅从远古传来的壮丽画卷。

这是一群向大山呐喊的罗浮儿女。

“咚咚咣咣”的锣鼓声，“嘿呦嘿呦”的吆喝声，惊天动地，响彻云霄。响声淹没了罗浮古观的钟声和寺庙的木鱼击打声，沉睡的大山醒了，热闹了，沸腾了。山上、山下的村民丢下活儿相拥而至，行走在公路的车辆戛然而止，熟睡的鸟儿在林中雀跃……这响声，这吆喝声，给这次庆贺活动营造了喜庆的气氛。主席台上

的领导笑容灿烂，挥手致意，脸上露出了成功的喜悦。台下，数千名观众抬头挺胸，向着一个方向望去，目不斜视。那动作，随着锣鼓的声调，跟着鼓槌的起落，不停地变化着……

是，就是这天，2009年的春天。来自罗浮山下的博罗县长宁、龙华、湖镇、横河、福田等镇十一个村的五百多名群众组成的锣鼓队，聚集在罗浮山下，以擂鼓的民间艺术形式庆贺罗浮山风景名胜区获评国家4A级旅游景区。

这里人山人海，呐喊欢呼声不断，笑声锣鼓声喧天，与其说是庆典活动，倒不如说是锣鼓大战。那凑热闹者绝非冲着庆典活动而来，都是锣鼓“闯的祸”，“好看，好听，很振奋”，锣鼓的巨大魅力吸引着这一方百姓。

你看，十一支锣鼓方队摆开阵势，铜锣围着大鼓，大鼓拥抱着铜锣，众臂齐挥。那大鼓的击鼓手，牛高马大，面色山一样凝重，古铜色脸庞上的皱纹如沟壑纵横；骨节突兀、老茧厚重、皮粗肉厚的手，犹如铁钳般握着鼓槌，那两柄鼓槌在他娴熟地操弄下，似一对小木人在鼓面跳街舞。打到高潮处，无数个闪光的铜钹同时高举，一时间百鸟翔集，盘旋翻飞，在吆喝声的和鸣下，发出了强烈的震撼声。鼓槌雨点般在鼓面落下，锣槌如一下下落在锣心，那么强烈，那么有味，那么有劲，那“咚咚”声，那“咣咣”声，沙哑而粗犷，这正是庄稼汉的亮喉咙大嗓门向大山发出的呐喊。

听着，看着，我便禁不住心驰神往。看那铁流般的表演队伍，浩浩荡荡。他们从哪里来？来自我熟悉的村寨吗？不，那么强壮彪悍，无休无止，该是来自浩渺无际神秘莫测的历史时空吧！莫非是赵佗队伍凯旋？莫非是北伐军路经此地？莫非是群情激奋的抗日大游行正进入高潮？那位风尘仆仆的汉子是不是东江纵队的司令员？那位风流倜傥的少年是不是英雄小八路？听那动人心魄的鼓声，如波涛冲击海岸，似雷霆滚过天宇，像群峰爆破，像冰山裂崩，像水库开闸，以其雄浑壮阔的气势，感天动地的伟力，一展罗浮人的阳刚之气。这就是力与美交织在一起的罗浮鼓韵！

听着听着，锣鼓声竟不再是音乐了。轰隆轰隆，那是雷电的轰鸣夹杂着滔天洪水，排山倒海；那是飓风咆哮携带着虎豹奔窜，雷霆万钧；那是驰骋在战栗大地的万千马蹄，胜利凯旋；那是战场上刀枪铿锵火星四溅，所向无敌；那是葛洪在采药炼丹，造福人民；那是诗人在竹林感慨吟哦，狂放洒脱；那是苏东坡忍着心痛挥笔疾书，旷达潇洒；那是号子声中石夯咚咚筑垒修筑水库；那是打谷场上父辈拍歌咏丰年。轰隆轰隆，那是我们列祖列宗的声音啊，时而像狂风暴雨，山呼海啸；时而像行云流水，泉水叮咚。沧海桑田，鼓声依旧，一代一代地敲，父亲老了儿子敲，儿子老了孙子敲，敲得大山精神焕发，敲出了大山的万丈光芒，敲出了大山的五谷丰登，敲出了大山的红红火火。

这就是罗浮山的锣鼓，原汁原味的锣鼓，飘着泥土芳香的锣鼓。从刀耕火种的时代就开始敲击，敲过了尧舜禹，敲过了夏商周，敲过了秦汉隋唐，敲过了宋元明清，一直敲打到了“敢教日月换新天”。锣声飘荡云天，鼓声回震山水，云天与山水间回旋着震撼人心的音乐，错落有序的音乐又陶冶着一方勤劳勇敢乐观的人民。面对如此壮观的场面，我的心弦，随着锣鼓的声音而拨动，随着锣鼓声的震动而共鸣，我的情绪，随着锣鼓的节奏而奔涌。一声声，敲开了我记忆的闸门。

在我童年的时候，朦朦胧胧中对大鼓有着一种莫名的感情。每逢年节，便是游神赛会的时候，一听见锣鼓声，我老是第一个雀跃欢跳地跟随在锣鼓队的后面，穿村过寨，四处游动。那锣鼓声，一声声，响彻云天，直震动着幼小的心灵。于是，锣鼓声在童年中代表的就是欢乐。当我少年的时候，正逢“文革”，那些欢乐的锣鼓不在“破四旧”之列，成了众多农村民间艺术的幸运儿。由于政治宣传的需要，当时文艺宣传几乎是铺天盖地，这锣鼓啊，自然成了“抓革命，促生产”和落实“毛主席最新指示”的战鼓。在那“东风吹，战鼓擂，世界上究竟谁怕谁”的激情岁月，催长着的激情锣鼓，虽然生活是那么单调与枯燥，那么冷落与寒酸，但这锣鼓声在罗浮山从未断过。“文革”结束后，罗浮山的锣鼓声伴随着改革开放的春风，响遍罗浮大地，农民乡亲那种欢快愉悦的心情在鼓点声中表现得淋漓尽致。

罗浮大鼓的历史是悠久的，在很久很久以前，罗浮山居住的都是姓单人少的族系，他们以打猎为生，生产力十分低下，在巨大而残酷的大自然面前，他们的力量显得那么单薄与渺小，为了生存，为了给自己心灵一个寄托，对着苍茫的大自然，他们借助锣鼓的精神和威严，用于祈神求雨、驱魔祛邪。有时为了庆祝打猎获得的丰富猎物，他们情不自禁地敲锣打鼓进行庆祝，后来发展成节日的欢庆；为了感谢冥冥之中神灵的保佑，他们敲锣打鼓抬着神灵的塑像四处游走，后来发展成游神赛会。而且，他们发现，一旦锣鼓声敲过，山中的野兽都会被吓跑，于是在那样落后的年代中，锣鼓也成了一种驱逐野兽的工具。再后来，中原地区的人们迁徙过来，带来了先进的中原文化。先进的中原文化和原始的少数民族锣鼓结合起来，就成了今天远近闻名的罗浮大锣鼓。过去，作为民间打击乐的罗浮大鼓，一直以来受到人们的追捧。孩子满月请锣鼓庆贺，乔迁新居请锣鼓祝福，青年入伍有锣鼓欢送，庆典活动有锣鼓助威，喜结良缘请锣鼓热闹，年老送终有锣鼓送灵。每逢年节，更是锣鼓的盛会，那一起一落间，雨点般敲响的鼓声震撼着大山的每根筋脉。

罗浮山大锣鼓是吉祥之音，幸福之音。不是吗？铿锵的锣鼓敲起来，幸福的舞步跳起来。男女老少齐聚在村头，沐浴锣鼓的光辉。那颈上青筋凸起的汉子挥舞手中的鼓槌在牛皮大鼓上有节奏地敲击，和着花甲老者的铜锣，声声震耳欲聋，响彻云霄。这个时候，每个人的脸上都写满了欢喜，豪情万丈，被激越的锣鼓声感染了、陶醉了。

锣鼓是属于乡村的，只有朴实的乡村才容得下。喜庆时，浩浩荡荡的锣鼓队伍向你走来，你无论如何也抵挡不了它带给你的喜悦，只有融入其中，让锣鼓敲开你沉寂的心灵，然后，把快乐带回家；悲哀时，乐队就敲起悲伤的音符，唢呐唱起哀怨的挽歌，让死去的魂灵伴着活着的人们的哀思飞向缥缈的空中……

罗浮锣鼓是粗俗的，虽然没有黄钟大吕的华贵，但它安于乡村，宁愿厮守在村头、庙会、露天舞台，它植根于老百姓，希望老百姓风调雨顺、五谷丰登，它无所求，更无所欲，只想看到一张张劳动者幸福的脸庞。

乡村锣鼓是老百姓表达情感的载体。当锣鼓喧天时，我知道农家又有新鲜事了，张家的儿子参军了，王家的闺女上大学了，李家的老爷爷百岁寿诞……阵阵锣鼓声和着噼里啪啦的鞭炮声叫醒了我的耳朵，打开了我的心扉，揭开了一个美丽新世界。

莫名地，我对罗浮山大鼓的感觉突然神圣起来。无须去细说它的演变过程，无须去描述它在城市街巷和乡村道路上巡游的壮观场面，只要听一听那震天动地的锣鼓声，我的心就莫名地欢快跳动，我满腔的热血就急速地流动。锣鼓声的强劲和乐曲的柔美交织在一起，变成了一张温柔的网，把我紧紧地包住。时而强烈，时而轻柔，使我陶醉在乐曲柔美的音调中，脑际浮现出乐曲所描绘的罗浮美丽风光。悠悠然神驰于绿野碧波之上的时候，突兀间鼓点滚动，铜锣声催，锣鼓声以暴风骤雨的气势横扫过来，使我猛醒，惊异地环顾四周——原来，我还是置身于锣鼓和乐曲的声浪中。

回到原点。我听着这刚柔相济、强弱并存的声音，仿佛进入了一种既有电闪雷鸣，又有清风明月的境界。因为我完全沉浸在这欢快的气氛之中，忘记了酷热，忘记了工作上繁琐的事情，甚至忘记了这世界的存在。在这境界中，我隐隐地听见历史的回声。不朽的锣鼓从远古而来，穿过时间的隧道，越过历史的空间。山乡人用奋进的鼓槌将天一样大的鼓面擂响，用生命的执著去诠释日月星辰给予这块土地的光亮。鼓声被罗浮山人永久地记忆并踏歌远行，从震天的鼓声中，感知罗浮山人的大气与厚重。

咚咚咣咣——有着响彻云霄鼓声的地方，就是我魂牵梦绕的故乡。如今，故乡的鼓韵，带着故乡人丰收喜悦的心情，带着故乡人热爱生活的憧憬，带着故乡人美好的祝愿，走进“群众艺术节”，走进“省运会”，走进民间艺术的天堂……

建设社会主义新农村，积极发展乡村文化，罗浮山人民也非等闲之辈，以更加饱满的激情投入新农村建设的浪潮中，以高昂的斗志敲响神韵十足、激情雄壮的锣鼓，奏响罗浮山新一轮大发展的号角，他们用锣鼓表达对党和政府的忠诚、对美好生活的热爱，气势磅礴，积极打造罗浮乡村文化发展的标杆！激扬雄壮的锣鼓队在这片经济繁荣、文化底蕴深厚的大地上敲出时代飞速发展的强音，敲出这片大地璀璨文明的雄浑壮歌，敲出他们对盛世太平美好生活的赞美和不懈追求。罗浮山下的锣鼓队如同华丽瑰宝镶嵌在这片肥沃、厚实的土地上，与这片土地上勤劳且充满智慧的人民齐放光辉。

哦，激情的锣鼓敲起来吧，世世代代，生生不息，乡村需要你，老百姓需要你，你永远都在罗浮山的上空回响！

（原载《惠州文艺》2010年第4期）

药池仙影

这里，古木参天，接天蔽日。

这里，鱼翔浅底，水清如镜。

这里，青苔碧绿，睡莲点缀。

这里，泉落寒崖响，萝依古木垂。

它，犹如一枚温润的碧玉，似乎没有选择地，毫不犹豫地镶嵌在罗浮山朱明洞腹地。

这是一泓从远古流淌而来的清泉——著名的罗浮山葛仙“洗药池”。

古观深深，古泉清清。泉的四周用青砖砌边，呈八卦之形。淙淙的泉水从石缝中慢慢渗

出，轻轻的薄雾在山涧悠悠散去，咕咕的鸟声在树梢嘤嘤回荡。

不知多少次，我默诵着《惠州一绝》来到这里，总是迫不及待地走向池边，弯腰蹲下，两手掌合拢呈勺子状，舀着冰冷的泉水洗着滚烫的脸庞，微风吹来，发胀的脑袋顿时清醒了，眼前的情景亦清晰了。仿佛北宋的大文豪正坐在亭中吟诗，葛洪和鲍姑在池边把盏小酌，抑或品茗对弈。亭外，欢乐的罗浮文人正在流觞赋诗，猜拳行令。我知道，这已然是千年前的一幕，而我的思绪却以按捺不住的莽撞穿越了这段时光。

池边的石板缝间生长着杂草，初夏的风清爽地吹送，充满活力的双脚在佳木丛中踩踏着柔软的落叶，山路上时时传来阵阵欢歌笑语。我醉了，醉倒在你用文字浸润的美景中，醉倒在你用挚情锻造的厚重历史里，醉倒在今日游人无忧无虑的笑声里。我想，一千年来，不知有多少人曾在你涉足的这块土地上欢笑，也不知还将有多少人会慕名而来，在你醉酒的泉边认真地找寻你的足印。

池中片片翠绿的睡莲叶，朵朵紫色的花蕾，令人赏心悦目，心旷神怡，被视为神圣之花。看，一池清水，泛着涟漪，碧绿的叶片上，静卧着纯美的水中女神，神态安详、庄严。难怪睡莲又有“睡美人”的美誉呢！

水底的青石板被冲刷得宛如镜面，其间嵌着浓绿的青苔，滑润润的，衬托着叮咚水声，像极了一件精致的远古乐器。清泉流荡，自然的箫声响在耳畔，只疑自己是进了另一世界。风有些凉，迎面吹来，带着桂花香气，沁人心脾。

古泉的灵性，被道家喻为上善若水，这是老子对生命的一种诠释，也是对生命的一种态度，更是一种与世无争的人生心态。1600多年前的葛洪，淡泊以明志，宁静以致远，在古泉边，茅庐下，独善其身。这一泓清泉，孕育了《抱朴子》，催生了《肘后备急方》，《神仙传》也跟随着泉水流入俗世……常说“物华天宝，人杰地灵”，这幽谷清泉，实乃大自然恩赐，它尽得葛洪百药之精华，尽受天地日月之灵气，映衬着葛洪“采贱价草石，施于贫家野居”的身影，书写着“晒书秋日晚，洗药石泉香”的美丽传说。

岁月在穿梭，时光在流逝。朝拜的人一刻也舍不得将你放下。如织的游人去了又来，脸上带着崇敬，眼里带着神奇。入时的皮鞋有节奏地敲击着池边的石板，流行的服装在池前招摇，各式的相机在石壁的刻文前闪着光亮。

客从远方来，带来的是一种祈祷与祝愿；客从府衙来，带来的是“苍颜白发”的颓然；客从山下来，带来的是“醉能同其乐”的豁达。

这是一个古典与现代相融，蓝天与碧水相映，亭台与楼阁相拥的去处。洗药池的来历，洗药池的传说，承上启下已两千余年。

看不见洗药女的倩影，闻不到仙药的芳香。但是在绿色的背景下，朝着游人眨动的诡秘的眼睛，诱惑着你，牵引着你。那“阴洞冷冷，风佩清清，仙居永劫，花木长荣”的“祁子隐居”真情，尽得罗浮百药之精神；那“晒书秋日晚，洗药石泉香”的故事，尽受天地日月之灵气，凝聚在片片水莲的叶面上；那“羡煞鸳鸯共为仙”的美丽传说，永远定格在那奇山秀水间。真可谓是“碧水源流长，葛洪百草药，佳人美名扬，药池水更秀”。静坐池边，凝望着“洗药泉中月还在”，去领略葛洪文化的神奇，去探索罗浮山中草药文化的奥秘，这不仅是一大乐趣，更是心灵的升华。

在这里，透过五彩的斑斓和繁杂的喧嚣，隐隐约约地望见了千多年前的掠影。

——暮春，这里云遮雾绕，鸟语花香，幽兰吐芳。葛洪夫妇来不及欣赏明媚的春色，披星戴月采药忙。百草丛中，留下了“双仙”匆忙的身影；青石板上，留下了“双仙”的足迹。

——酷夏，“泉眼无声惜细流，树阴照水爱晴柔”。仙人的身影与池中的倒影，相叠重映；劳作的汗水与池中的清水，相亲相融。那清泉，那汗水，渐渐地溶成“百草油”。

——深秋，山间野果飘香，毛栗咧口笑，山楂满山红，猕猴桃甜得滴蜜。还有许多的野果，正如杜甫诗《北征》所描写的：“山果多琐细，罗生杂橡栗。或红如丹砂，或黑如点漆。”令人眼花缭乱，目不暇接。然而，洗药池边，“双仙”却在翻晒花草，研制中药。

——隆冬，如若连下几日寒雨，不论山下是否冻结、有无积雪，洗药池都会成为一个冰凉世界，冰雪盈尺；一扇芭茅叶像一柄闪着寒光的长剑，一丛枯草像一颗银珊瑚，一棵棵树木像玉树琼花。“双仙”顾不得欣赏这一幅幅大自然精美绝伦的杰作，而是专心致志地著书不辍。此时，更是“洗药池寒因月冷，琴床响韵起松风”。

“洗药池”，顾名思义，是洗药的水池，是一方小池。可是，它来自遥远千古，来自岭南第一山，来自神仙洞府。它不仅有美丽的传说，而且有深刻的含义。虽然洗药池很小，不过十几平方尺，但一朵花儿掉进去，激起的涟漪也会在整个池面上荡漾许久。人心若是一方小池，必有一泓清泉，缓缓而入，呢喃起诗意的涟漪，吟咏着岁月的旋律，此际，心清如许。贾平凹说：“人生得也罢，失也罢，悲也罢，喜也罢，最要紧的是心中的一泓清泉，不能没有月辉。”诸葛亮也说：“非淡泊无以明志，非宁静无以致远。”禅语亦曰：“菩提本无树，明镜亦非台。本来无一物，何处惹尘埃。”凡此哲理，似乎与“洗药池”毫无关联。然而，这些哲理，在这“上善若水，静水流深”的地方，就可以找到，罗浮山“洗药池”也是如此。

（原载《惠州文艺》2011 年第 1 期）

罗浮狮舞

这是几年前的大年初一，在罗浮山狮子峰下朱明洞景区广场上演的精彩一幕。

阵阵锣鼓声从远处传入耳际，循声望去，只见高高的台子上，彩球舞动，醒狮表演开始了。

伴随阵阵锣鼓，一头栩栩如生的狮子神气十足地出现在人们面前，它眨巴着一双黑溜溜的大眼睛，摇头摆尾，一会儿蹿上，一会儿跳下，动作粗犷灵活，神态天真活泼，潇洒飘逸。在“领狮者”的指引下，来到寓意“福、寿、禄”三张八仙桌搭好的台子前，面向观众

鞠躬一拜，然后前脚一提，后脚一蹬，轻松地跳上了第一层桌台。耍了几个动作后，突然坐在桌子上伸伸腰，蹶蹶腿，冲观众点点头，好像在说“大家好”，霎时间又跃上了第二层桌台。紧接着，狮子两只后腿直立，两只前腿悬空，在仅有两三平方米的桌面上竟然威风凛凛地站了起来。“啪啪啪啪……”观众席上爆发出雷鸣般的掌声，不少观众不约而同地大叫道：“好样的！”要爬最后一级了，只见狮子全身发力，用力一转，后脚顺势腾上了一层，站在高高的台上，狮子再次谦虚地向观众深鞠一躬，然后用它宽大的嘴一口叼住挂在最高处的红绣球，凌空抛向观众。接着，狮子一只腿站在倒立的桌腿上，另外三只腿依次站在剩下的桌腿上面，然后慢慢地抬起左边的两只腿蹭着桌腿，一副漫不经心的样子。这时，我的心早已悬到了嗓子眼儿，台下的观众也惊恐不安。而狮子却洋洋自得地扭扭屁股，准备下台。后腿悬空着，前腿腾挪自如，只几秒钟的工夫，狮子就轻轻松松地下到了第一层桌面。忽然一“骨碌”，狮子故意从桌子上滚下来，看着先前抛出的红绣球，好像不认识，用脚碰碰，又迅疾收回，接着用舌头舔舔脚，装出一副可怜样儿，真是可爱极了！这时，我仿佛觉得它不是狮子，而是一只调皮的小猫！最后，狮子张开大口，将红绣球一口吞下，然后睡在地上，用前腿悠闲地拍拍肚子，好像吃饱了……此时，观众们热烈的掌声再次回荡在罗浮山的上空，经久不息……

是的，这一刻我已经不能用语言来准确地描绘眼前这令人眼花缭乱的演出了。惊心动魄的舞狮表演，打开了我的记忆大门，童年观狮子舞的情景，在我的脑海中浮现，经久挥之不去。

这是几十年前每每大年初一定格的画面。

“咚、咚”的锣鼓声从远处飘来，“狮子队进村啦”，孩子们奔走相告，相拥到村口，我挤在人群中，去迎接那盼望已久的狮子队。

全副武装的狮子队向村子走来了，狮爷携匣领路，继而是狮子，之后是锣鼓、镲、钹，持刀、棍、矛等兵器的武术队殿后。舞狮者舞动狮子，上蹦下跳，左推右挡，步伐灵巧，如威龙出海、猛虎下山，威风、潇洒。这时观者如潮，大街小巷，围得水泄不通。在人群的簇拥下，狮子队在狮爷引领下，到村里有头有脸的大户人家拜年。每到大户人家的门口，狮爷弯着身子，在锣鼓声的指挥下，两手紧握木匣子左右挥动、两脚向前向后移动地向主人施几个马步礼，接着，那狮子摇头摆尾跟随着主人拜了大门和厨房的灶台。此时，鞭炮声，锣鼓声，欢笑声，狮子的舞姿，汇成了一派喜庆的景象，这热闹的气氛，让主人笑逐颜开，一边递烟，一边送茶，招待远方来的“客人”。约一刻钟之后，锣鼓再次响起，狮子拜大门的动作重现，主人给舞狮队送上了红包。后来我才知道，这红包是狮子队收入的来源。

中午，舞狮表演在村前的晒谷坪上进行。那时，农村的文化生活枯燥得很，看狮子表演就是最大的文娱活动了，虽然年年如此，但年年新鲜。晒谷坪上的观众围得里三层外三层，狮子队在中间表演。

随着一阵紧似一阵的锣鼓声，“领狮者”分别由两个人扮演，一个是头戴大头佛面具，身穿长袍，腰束彩带，手握葵扇引逗狮子起舞。另一个是头戴“猴”面具，左手拿菜刀，右手持铲子，吓唬狮子。狮子随着鼓点的快、慢、轻、重，迈着南拳马步，忽而翘首仰视，忽而低头顾盼，忽而回首俯匐，忽而摇头摆尾，千姿百态，妙趣横生；时而舐毛擦脚，时而搔头洗耳，时而翻滚朝拜，活灵活现。舞者通过不同的步伐，配合狮头动作把各种造型表现出来。所表演的技巧，都有形象生动的名目，主要套路有“采青”、“蛤蟆抱子”、“燕子翻身”、“鲤鱼晒肚”、“蜘蛛吊线”、“仙猴摘桃”等。其中“采青”是舞狮的精髓。何谓“采青”？长大以后才知道其由来。相传“采青”原来有“反清复明”之意，以后是取其意头，有“生猛”、生意兴隆之象征。“青”用的是青菜，把生菜及红布高高悬挂在一根竹竿上，狮子在“青”底下舞数回，表现出见“青”、惊“青”之动作，将狮子的烦恼、急躁、发怒、发威等神情表达出来，然后一跃而上，张开大口，把生菜咬下来，然后再“嚼碎吐出”，这时，“战胜困难”的狮子表现出嬉戏、玩弄、跳跃等神态，从容地向东南西北四方行“四方揖”，祝愿人寿年丰，生意兴隆。“采青”是狮舞特有的技巧，惊险万分，狮子要完成这个动作，难度相当大，须讲究配合，同时对两名舞狮者的体力和技巧也有很高的要求。

不要以为舞狮表演就此结束，精彩的节目还在后头，那就是狮子“打棚”，即武术表演。首先打的是“四门子”拳路招式，出场的人双手抱拳向各位鞠躬，然后朝四个方向同打一套拳路。依次出场表演的是棍、刀、剑、耙、戟、凳套路。耍拳是令人感兴趣的，那些壮汉光着上身吆喝着，刚劲有力，虎虎生威。我虽不知那些拳术叫什么套路，但“套路虽短，招式俱全”，这些套路既有观赏性又有实用性，深受武术爱好者的青睐。棍术让人眼花缭乱，那棍子舞起来铺天盖地，我们曾试着用果皮扔过去，结果果皮被棍子反挡回来，射在人群中，人群霎时欢呼雀跃起来……

令人惋惜的是，这样快乐的活动自从我小学六年级毕业的那一年起就消失了。

那时还小，不懂得什么叫艺术，但表演者在舞动时的那种龙腾虎跃、辗转腾挪，所表现的喜、怒、哀、乐、动、静、惊、疑等神态，令我难忘，场上高声的喝彩，雷鸣般的掌声，似乎还在耳边回响。

舞者如痴如醉，情感奔放，技巧娴熟；观者屏息敛气，怦然心动。美丽与粗犷相映生辉，荡气回肠的野性之美，让观者心旷神怡……

记忆催生了联想，很自然地引出了对狮舞文化的遐想。

狮舞是民间艺术的一朵奇葩，狮舞是中国与西域之间文化交流的产物，是多元文化碰撞的结晶。

狮舞源远流长。狮子虽然不是出产于中国，但中国却有地地道道的关于舞狮的文化。舞狮是从舞虎演变而来的，相传汉代的道教天师派鼻祖张道陵居龙虎山，坐骑是虎，汉代百姓是舞虎而不是舞狮。东汉明帝时，佛教传入中国。到了南北朝，佛教大兴，据说佛教文殊菩萨的坐骑是狮，随着佛教的流传和影响，狮子备受民间百姓崇敬，所以舞狮便逐步代替舞虎。唐代诗人白居易诗中有“假面胡人假狮子，刻木为头丝作尾。金镀眼睛银贴齿，奋迅毛衣摆双耳”的描述，可谓古代舞狮的生动写照。据记载，南北朝以后，舞师在民间日益盛行，盛唐时更是发展到了用锣鼓伴舞。明清以后，狮舞逐渐分成南北两派，南派以广东狮为主。

关于南狮，源远流长。据传，岭南古时候有一种叫“年”的怪兽，头长触角，凶猛异常。“年”长年深居海底，每到除夕才爬上岸，吞食牲畜，糟蹋农作物。乡民不胜其扰，便召集众人，用竹篾纸料，依其形状，扎成兽头，涂以各色，用各种布料裁成三角形状，制成兽身，再集乡民数十，携带响器，伏于地头田间。等年兽出现时，两人持着兽头舞动，其他人随之打击响器，声震田野，果然惊走年兽，从此不再出现。民间因纸扎兽头能驱逐年兽，便每年制作此兽头，于除夕舞之，即舞年。后来人们认为狮子为兽类中威武瑞祥的动物，便将舞年改为舞瑞狮。因为狮子是兽中之王，勇猛的代表，吉祥的象征。狮子外形威武，动作刚劲，神态多变。它是祥瑞之兽，能驱邪镇妖，保佑人畜平安，因此民间舞狮活动就一直流传下来。

从远古走来的狮舞，穿越历史的长河走进了当代的生活，它经过千百年的锤炼，以神奇的力量，演绎着潇洒飘逸、刚柔相济、神奇威武的形象。在舞狮中，渗透着中国传统审美情趣的狮子形象，已不是凶恶、狰狞的野兽，而是被美化成威风可爱，象征和平安宁、五谷丰登的瑞兽。狮舞所追求的传神境界，就是模拟狮子的形态，实现“神形”的高度统一。例如，舞狮时，人们欣赏的是狮子“喜”时的“笑”、“怒”时的“吼”、“哀”时的“呆”、“乐”时的“悦”、“动”时的“蹭”、“静”时的“盼”、惊时的“栗”、“疑”时的“愣”等。这“形”与“神”的统一、和谐，是狮舞所表现出来的境界，表达着人们美好的愿望。

狮舞，是一壶陈年的老酒，它根植于民间，醇香朴素，令人回味无穷。

古老的民间狮舞，在时代浪潮的冲击下，并没有消亡灭绝，反而不断发扬光大，经久不衰。它不再走街串巷，不再是简单的玩耍表演，狮舞不仅具有很高的艺术欣赏价值，同时又能锻炼人的身体和意志，有着弘扬民族精神、激励人们团结向上的力量。于是现代舞狮就在传统的基础上应运而生。它不再只是民间的娱乐活动了，现代的舞狮已将舞蹈、杂技和武术以及中国传统文化融为一体。

狮舞，它依托武术，舞武一体，娱神娱人。它飘逸洒脱，刚柔相济。这项传统表演艺术的最大特点就是把民间精湛武艺与传统舞狮表演巧妙地结合起来。

一场舞狮表演，要将舞狮的形态表现、动作难度、狮乐配合，舞狮的步形、步法、套路编排，狮形、服饰、礼仪表演，加上锣鼓、钹的紧密配合体现出来，让人看到一场紧张、惊险的狮舞表现，更让人看到狮子面对艰难，排除万难、勇于拼搏，最后取得胜利的过程，这也是拟“人”化了的一种人生启迪——人生何尝不是如此。

古窑沉思

我的家乡位于罗浮山下、东江中游北岸的田畴旷野中，这里低洼沼泽繁多，河涌交错，湖泊星罗棋布，雨季时一片汪洋，船只往来如梭。家乡土地肥沃，盛产稻谷、甘蔗、塘鱼、水果等，是富甲一方的水乡。

家乡是一块风水宝地。村子坐落在一座山冈上，坐北向南，有数条街道纵横交错，整齐有序，砖瓦土木结构的房屋，冬暖夏凉。一口鱼塘，呈半月形，在村子的正前方，鱼塘前面有七座低矮山丘有序地排列着，老人们都说，这是“七

星伴月”。有两条溪水分别在村子的前后自东向西流过，弯弯的河道，清清的河水，呵护着这方热土，使它风调雨顺，五谷丰登。

风水宝地是生财的地方，家乡故称“银岗”，取银宝满山冈之意。风水宝地也是出人才的地方，这里曾考取数名进士，成为远近闻名的“进士村”。

也许是这里的风水照顾了我，刚高中毕业不久，不满二十岁的我，离别了家乡，参加了革命工作，当上了一名在当时让人羡慕的“公社同志”。而后一直在外地“日求两餐，夜求一宿”。

弹指一挥间，几十年过去了，沧海桑田，家乡的模样完全变了，那弯弯小溪改了道，那清清湖泊换了装。往日的水乡之美貌已经不见踪影了，孩童时的记忆也渐渐离我远去……

似乎是时光倒流，我对家乡的思念，又有了峰回路转的机会。

20 世纪 90 年代后期，一声春雷在家乡“七星伴月”的七座小山包上响起，一条重要新闻在广东省多家媒体上发布：广东考古新发现，十万平方米先秦制陶工场遗址在博罗银岗村发现，两千多年前的四座古龙窑址在“七星伴月”中的“松茂岭”上重见天日。

考古的新发现，让宁静的古村落热闹了，触动了这里每个人的心扉。作为游子的我，为独树一帜的岭南文化在家乡复活而感到十分高兴，那荣光和自豪感几乎到了魂牵梦绕的境地。

也许是命运的安排，不久我到了县文化部门工作。

不知是出门在外时间较长的缘故，还是出于对“银岗古窑址”的牵挂，“常回家看看”的频率比以往高了许多，回味孩童往事的时间也更多了。听到小时候经常玩耍的地方有如此的新发现，对文物的爱护之情和对家乡的怀念与日俱增。

家乡的村子前面有一条小道，在过去，这条小道是村子通往外面的唯一出路。顺着小道向南面走六百米左右，就在出口处，是“七星伴月”之松茂岭和猪屎岭的夹口，夹口两边的山坡，左边为青龙，右边为白虎，夹口的南边有条被称为“龙脉”的小溪，东接罗浮山跌宕下来的龙溪河，绕着“七星伴月”由东向西流过，西连罗浮山西麓流下的罗阳溪，然后，汇集沙河流向东江。我记得很清楚，在我小时候，这小溪河床很深，水流很急，可行木船，是当时家乡运输的“黄金水道”。在这条小溪里，我学会了游泳，学会了捕鱼捉虾。听老人说，这是“七星伴月”的风水口，以前中进士的人，就在沿着这条曲曲弯弯的小道，越过这风水口，顺着溪流，穿过东江，到异地当官的。

然而，在那“农业学大寨”大搞农田水利的年代，这蜿蜒的小溪，被裁弯取直，一条如青龙般的小溪，被支离破碎地分割成鱼塘或农田，从东向西的水势变换了位置。从此，龙脉被砍断，风水受破坏，一些老人说，解放后六十年来村里没出一个当官的。当然，此话有点迷信，不可信，但从此家乡外出工作的人没有一个做大干部的，确是实事。

新发现的古窑址坐落在松茂岭的西面，与一口鱼塘接壤，南面是荒废的小溪，谁也不曾想到的是，就在这个土坡下面，竟是一堆堆破碎的陶片和深埋了两千多年的古窑。

面对着一个个土山包。

尽管它偏僻荒凉，野草丛生，布满墓地，但它是那么宁静。山是绿的，水是清的，能够将天地之意、山水青绿之彩、人杰地灵之气，凝聚在两千多年无人知晓的地方。那小小的山坡，是凝固的历史，是岭南文化的记忆符号。拂去历史的尘埃，两千年前的文明成果，进入我的视野。

静静地坐在小山坡上。

我的目光在眼前的景物间移动，先秦时代的那个生活场景慢慢灵动起来，我仿佛看到了熊熊窑火边先人的身影在晃动，看到了他们日出而作、日落而息的耕织生活，感受到了他们那种在贫乏的物质生活中的安逸心态。闻着那缕缕从古陶器中散发出来的特有气息，感觉到他们的音容笑貌是那么的纯朴和坦然。透过那些先民们踏过的泥土，似乎看到一张张鲜活的脸孔在我面前闪现，让我领悟到正是他们的一步步脚印，引着我们走到了今天……

面对的是一件件斑驳的陶器。

尽管她满身泥巴，满脸沧桑，但那质朴恒久的品性，实在令人深深佩服。她是水与火天长地久的爱情结晶，是一部浓缩的岭南文明史的活的注解。

她穿越了漫长的岁月，从历史的源头走

来，静候在岭南这片热土之中，等待一个凤凰涅槃的机遇。偶然的一刻，被一双双手抚捏、揉摩，在亲近掌心的温暖时，被注进了激情的碧水。此时，沉淀了千载的地下黄土，它尽弃水与火相克的前嫌，水融于土，土接纳了水，在与水的调和中，相识了，相爱了；在火的亲吻下，相生了。她们悄悄聚集，涅槃重生。她虽然仍带着自然的稚朴和羞涩，但一种对新生的渴望，充斥全身。

她虽然没有表面的浮光和外在的靓丽，但她那拙扑而厚重的风格，那包含着岁月风尘的沧桑魅力，已经完全定格在时空之中。她那丰富的内涵和活力，更可玩味与耐看，经历火烧，坚贞不变。在亲近烈火时，她静静地固守着一颗赤子之心，在熊熊烈火中，她闭着眼睛，扭曲着身体，痛苦地经受着煎熬，却心甘情愿地将自身打造。她保持着水与火相交融的不变深情。从此，一个生命，被塑造。

谁说水火不相容？陶就是最好的见证。

透过那厚厚的尘灰，我看到了会说话的古人，在诉说着一段历史、一个故事。

她陪伴人类走出陶窑，走过峥嵘的岁月，穿透那无限的时空，在人类的生存环境中，找到了自己的位置。她是人类告别蛮荒的分水岭，是人类走向文明的标志。在漫长的历史长河中，她始终默默无声，永远沉寂，责无旁贷地承担起历史的责任，静静地守着人类文明的历史，以免被现世浮躁所侵袭。古陶之品可谓高矣！造型之精美，色彩之内敛，气息之沉静，品质之醇厚。她，穿越着时空，穿透着我们的感悟。她，胜青铜之古朴，显玉石之精美，泛青剑之雪亮，古朴典雅，奇丽瑰宝。

她是一个民族的文化果实，而且博大精深，它上袭仰韶、下启殷商，左挽彩瓷、右携青铜，是原始社会后期岭南文化的代表，是岭南先祖们勤劳和智慧的杰作。即使最粗糙的陶，也会让我们联想到陪伴着人类生活的土、照耀着人类精神的火，以及滋养人类生命的水。它不仅蕴藏着厚重的农耕文明，而且闪烁着朴素的诗歌光芒。

我痴迷于这些古陶，她朴实无华的陶饰，令人怦然心动。……如果我们能在古陶中感受到这些历史光芒，就会对我们的先祖产生一种景仰的感情，就会为自己生活在今天而感到自豪和欣慰。

当我沉浸在这样的遐思中时，面对古窑上面钢筋水泥结构搭建的防护棚檐下“千年古县，古陶为证”几个大字，面对眼前的沉默古窑，的确有点心酸。那原来白底红色的大字，挂满了青苔，流淌着绿色眼泪；那受精心保护的“龙窑”，裸露在外，无奈地苦笑。我知道，那些重见天日的陶罐已“离乡背井”，藏在博物馆里，但这里还有许多许多的陶器仍然在冰凉的山体中，在漆黑的龙窑里，等待着抢救与保护。

再仰望那些如冈似岭的古窑包，野草青青，灌木丛生。此情此景，是自豪还是自卑，是欣喜还是忧伤，有谁知道？这是一部刚刚开启又被丢弃的中国古陶史书，它在遥遥的岁月中，等待着一双多情的眼睛，一双勤劳的手，来翻开这部罕见的珍贵的“百科全书”，领略其丰富的文化内涵。

对古窑历史命运无可遏止的浓烈兴趣和沉默的思量，我能保持多久？这样的静默，完全是源自这首短诗：“悲秋燕赵，素朴一陶；风雨邯郸，磁州古窑。黄发窈窕，魂梦萦绕；和一把大青土，将你我熔烧。密云之潮，翻泛波涛；我独个儿想着伊，伊人可在那边儿，遥对着我笑。留一粒红豆相思，烧两尊情陶不老，低唤一声伊人呀，怀里来——我爱你爱你如陶。”

这是一首关于陶瓷与爱情的短诗。清亮明快，恰似古陶千年璀璨的釉色与饰纹；感情炽烈，犹如古窑中世世代代窜动着的青春火苗。

古陶魅力无穷，它是在袅袅的窑烟中，由精雕细琢的双手抚摸出的精灵。它让我聆听岁月，在心里泛起千年等一回的浓情蜜意，令我的灵魂在不经意间激荡起缠绵了千年的泥与火的洗礼与涅槃！

“留一粒红豆相思，烧两尊情陶不老，低唤一声伊人呀，怀里来。”如果，如果陶器是有记忆的话，她将记住天上之水的冰凉，冲蚀后的氤氲，冲蚀后的滑润，冲蚀后的筋道；它将记住掌心温暖的搓抚，搓抚的缱绻，缱绻的甜蜜；它将记住火焰的刚烈，煅烧的痛快，重生的喜悦。陶心如火，也如水，真诚而热烈，冰清而玉洁。伊人呀，怀里来，看着那个个沉默的陶罐，我不禁痴痴地陶醉。然而，她又那么无奈与凄凉，她置身荒野，无家可归；她遍体鳞伤，无人问津；她粉身碎骨，难见天日。伊人呀，怀里来，看着那不可收拾的陶片，我不禁深深地祈祷……

我在家乡的古窑下沉思。

（原载《东江文学》2011年第4期）

道在心中

2010年11月2日上午，狮子峰下，白莲湖畔，艳阳高照，冬暖如春。罗浮山朱明洞景区大门广场，锣鼓齐鸣，彩旗飘飘，人头攒动，放眼望去，一片人的海洋。筹备已久的广东省首届道教文化节在此拉开了序幕。

开幕式之前，我已经从暖场演出的《道乐声声》中感受到浓厚的道教文化色彩。六十名身穿白色太极服的演员在充满神秘、悠扬的道乐声中，那八卦掌沿圆走转，那脚步和手势，纵横交织、左右旋转、招式连贯，其形如闪，内旋回带，

势如连环。一张一弛，整齐划一的太极拳，营造出祥和、宁静的氛围，表现着一种力的含蓄、柔和刚美和效法自然的神韵，也展示着一种无穷的生机和活力。在古木参天的狮子峰下的太极表演，让所有的观众既感受到远离尘嚣的一份宁静，又领略到道教太极文化的丰富内涵。

开幕式之后，是一场富含道教文化气息的精彩的文艺表演。

“我是铁拐李、我是汉钟离、我是张果老、我是吕洞宾……”在独具岭南特色的乐曲声中，四十多名男女演员身着古装，手举幡旗，舞着莲花，簇拥传说中的八仙飘然而至。大型歌舞《八仙送福到罗浮》绚丽登场，演员宽袍大袖，头戴冠帽，手拿各式各样的道器，手舞足蹈。或放声高呼，或低声吟咏，或感情激昂，或神情凝重，沉浸在古典诗词所创造的优美意境之中。接着，又月六十多名女演员走下台来，给宾客送上“仙桃”，向宾客致以热情的欢迎，此时台上台下，交相辉映，热烈的掌声经久不息。

由六名女歌手联唱、三十名“仙女”伴舞的歌舞表演《罗浮山下四时春》引人注目。“仙女”们伴随着这首轻扬柔美的歌曲，手持“荔枝”，以舒缓流动的队形变化徐徐进场，她们清丽、秀美的舞姿把人们带入罗浮“千年道教，万秀罗浮”的仙境之中。

紧接着的《道德经》经典诵读更让观众眼前一亮。一群古代私塾学童打扮的小学生，兴致勃勃地诵读《道德经》：“道可道，非常道，名可名，非常名……”稚嫩、甜美、真诚、纯真的天籁童音，让所有观众为之惊叹，让大家深深地感受到道教文化的源远流长。

大型舞蹈《葛翁飞裾化彩蝶》是全场表演的高潮，引起了满场喝彩。在庄严、恢宏、空灵的道乐声中，童子采药群舞，恍如时光流回一千多年前的罗浮山，演员们拂尘翩翩的炼丹独舞，更表现出了葛洪仙风道骨、飘逸俊朗。同时，一群身穿古典霓裳，披挂彩蝶服的女演员在乐声中展现出一幅充满传奇色彩的画面。以古典与现代相结合的艺术方式，展示了“沧海桑田，葛洪从容寻道；仙风道骨，铸就罗浮道教文化”的华彩篇章。

这种古典与现代相结合的表演形式，以小见大的表现手法，把开幕式的主题通过传统文化的主线贯穿于轻快活泼的表演之中。正因为这种创新，才使场面隆重，气氛庄严。

当我还沉浸在浓厚的道教文化氛围里的时候，一群男旗手以强劲有力的动作挥舞着彩旗，与现场观众一起互动，把现场气氛再次推向高潮。一首《亚洲雄风》将观众带进迎亚运的旋律之中。豪迈的歌声，不仅表现了道教节祈福亚运的主题，更体现了道教节的主题所诠释的道教文化内涵。它仿佛在反复强调：罗浮山不但是惠州的、广东的，而且是中国的、亚洲的、世界的。

富含道教特色的精彩节目纷纷登台亮相，引导各方嘉宾、游客领略仙境罗浮独特的文化

底蕴，并迅速将嘉宾与游客的激情带入道教文化节的喜庆热烈氛围之中。

开幕式上的又一重头戏——祈福亚运大法会，在文艺表演结束后隆重举行。文艺表演结束，那表演舞台一下子变成了古朴典雅的祈福祭坛，祭坛背景是一幅巨大的神态端庄 的“三清”画像，画像两旁的道教“两仪”图案格外醒目，祭坛的前方两边竖立着一大一小的道教八卦图，空灵静美，庄严肃穆。

祈福坛上，十多个穿着粉红色道袍的乐士奏响道乐，曼妙的道乐，虚空、清远、优雅、和谐；行云流水，柔和清幽的道乐，带着民间音乐的韵味，犹如松风含鸣，宛若天籁之音；这令人心醉神驰的道乐，演绎着天人合一、民教圆融的新意境。待到曲终乐止，掌声四起，有人禁不住喝彩：“这才是真正的仙乐。”

祈福坛下，一群“仙女”姿容娴雅，轻捻慢挑，手提果篮，穿过人群，向台前的嘉宾款款献果。此时，人潮涌动，呼声四起。

来自港澳台及全省各道教宫观的三百名高道大德，沿着红色的地毯，穿着光艳夺目的红色道袍闪亮登场。他们有的高举各色旌旗、幡幢、盖宫帽；有的双手合掌，目视前方，步履稳健，面露庄严，一起诵经、行朝、敬香，为即将举行的广州亚运会祈福，为世界和平、国泰民安、社会和谐祈祷。

此次道教盛会和祈福仪式，可谓史无前例，而且别出心裁，道教的“三福”（祈福、善福、祝福）之境界在祭坛告天祷祝中得到重现。祈福是道教文化的重要组成部分，是道教的宗教仪式之一，这种仪式通过法师的步罡踏斗，飞章达款，将信徒的愿望送达天庭，为众神所知，可保佑信徒消灾灭害，赐福延生，心想事成。道教这种崇拜“山神”、“天庭”的精神，已经延伸为现实世界的一种信仰。其外在体现已从部落图腾延伸到人们的衣食住行的方方面面；其内在的预示意义从直观美好愿望的简单祈求延伸并升华为预示着好运、幸福、长寿、子孙满堂等，从而构成了民俗文化中独树一帜的“祈福文化”。

伴随着诵经声，道教师法自然、天人合一的“三福”仪式进入了高潮。一句句诵经，一个个动作，都倾注着人们对社会的和谐和亚运成功举办的无限向往和热切期盼。

音乐、礼炮再次响起，祈福仪式宣告结束，祈福的道长们重整队伍，踏着一千米长的红地毯进入冲虚观祭天、上香。跟随其后的游客们纷纷踩着红地毯前往冲虚观，满怀虔诚地拜谒、瞻仰、祈祷……

气氛庄重的祈福，或朝天圣拜，庄严崇仰，肃穆高远；或法师拜表，轻盈缥缈，浑朴天真；或崇尚清静，养性净心，自在逍遥。

在此，我对道教似乎有了灵魂的“皈依”感，对“道”的认识又有了新的感悟。

植根中华沃土的道教，是中华民族固有的宗教。它以作为宇宙之源、万物之根的“道”为最高信仰，以《道德经》为立教之本，以尊道贵德、重生贵和、抱朴守真、清静无为、慈俭不争、善恶报应、修炼成仙、功德成神为主要教义。千百年来，道教文化滋润着人们的精神家园，在确立人生价值、提供生活智慧等方面，不断给人们以深刻的启示。

人常言，品茶有道，为人有道，经商有道，做官有道。但是，道之复杂，道之朦胧，此道，不是道路的道，也不是道德的道，是一种“非常道”，一种难以顿悟之道。

道，也叫“无”、“朴”、“一”，是一种不受局限的、无终止的、一切事物原初的浑朴总体、宇宙唯一。

“道”之玄妙。道无形无状，天道运行，阴阳造化；道是本原，万物之母；道是过程，“周行而不殆”；道是规律，“道者万物之奥”；道是法则，“故从事于道者，道者同于道”。道之大，无所不包；道之细，无所不容。

《道德经》语：“天地相合，以降甘露，人莫之令而自均。”就是说天地不相交，阴阳不相合，大旱大涝必作，暴风骤雨必至，天灾必来，万物必殃；天地交，阴阳合，必降甘露，滋润众生，五谷丰登，万民康乐。在修养方面，人若清净无为，恬淡自然，

无私无欲，心安理得，也将口内生津，亦如甘露，滋润身心。

天地阴阳和谐才能降甘露，万物才能得以滋润。世界和谐才有人类和谐、家庭和谐与人生和谐。历史上，但凡顺应自然和社会发展规律的社会，人民就能安居乐业，国家就能风调雨顺，可谓国泰民安。

道教经典中说："人在道中，道在人中。"这表明道不远人，求之则应。每一个人都禀有道性，都可以领悟大道之智慧。

道家有言："上善若水。水善利万物而不争，处众人之所恶，故几于道。居善地，心善渊，与善仁，言善信，正善治，事善能，动善时。夫唯不争，故无尤。"它的字面含义是：最高的善像水那样。水善于帮助万物而不与万物相争。它停留在众人所不喜欢的地方，所以接近于道。上善的人居住要像水那样安于卑下，存心要像水那样深沉，交友要像水那样相亲，言语要像水那样真诚，为政要像水那样有条有理，办事要像水那样无所不能，行为要像水那样待机而动。正因为像水那样与万物无争，所以才没有烦恼。道家认为上善的人，就应该像水一样。水造福万物，滋养万物，却不与万物争高下，这才是最为谦虚的美德。江海之所以能够成为一切河流的归宿，是因为它善于处在下游的位置。

世界上最柔的东西莫过于水，然而它却能穿透最为坚硬的东西，如滴水穿石，这就是"柔道"所在。所以说，弱能胜强，柔可克刚。

老子还说："以其不争，故天下莫能与之争，此乃效法水德也。水几于道；道无所不在，水无所不利，避高趋下，未尝有所逆，善处地也；空处湛静，深不可测，善为渊也；损而不竭，施不求报，善为仁也…… ”

道在心中，还是道在心外？从道教修行的角度讲，道在心外的话，修行者将永远追随道的影子，无法合道、了道。道在心中，则反身而成，反心而觉，明心见性，即合道。人在江湖走，道在心中求。世上千法万法，但道只有一个。我们不必去追求太玄的东西，过好每一天的生活，帮助好生活中的人，处理好生活中的事，这就是合道。道在心中，道在行中，道在生活中。

热闹过后是宁静，时间过得好快，宁静的时光在宁静地流逝，不觉已是薄暮时分了，该进冲虚观听听那晨钟暮鼓，去看看落霞与归鸟齐飞了……

横岭幽梦

“乌啼鹊噪昏乔木，清明寒食谁家哭。风吹旷野纸钱飞，古墓垒垒春草绿。”又是一个清明节，迎着习习凉风，与同学数人前往横岭山古墓地拜谒，我不禁想起了白居易的诗。

上午，例行“公事”，踏青扫墓，围着几个山坡跑了一圈，向老祖宗叩了几个头，把买来的高级贡品烧完，草草地吃了几口饭，又马不停蹄去拜“古墓”了。

真是“拜完百年坟，又拜千年墓”。

车子在公路上行驶，路两边是一片片稻田，村民正在地里忙碌，男人头顶草帽，光着脚板，手扶犁耙，让水牛拖着犁杖在田间“跳舞”，犁耙过处，泥水发出哗哗的响声，翻起的泥土很快被泥水抚平了，村妇、村姑，或站在田中间，或立在田埂上，挥动着双手，正忙着抛稻秧，一棵棵稻秧在水面上点缀出一点点绿，清新、柔和。那点点绿色，又像是一个个音符，在水中排列成一段段优美的旋律……

横岭古墓位于罗浮山下，距博罗县城东北约三公里处，广惠高速公路博罗县罗阳镇路段，站在广惠高速公路向南一望就可看到。但是，墓区的三分之二被压在高速公路下面，其余部分如今是荆棘丛生，站在公路边怎么也找不到古墓在何处。

有一条泥土小路可以通往墓区。我们乘车而去，小路两旁是高过人头的野草，小路平常走的是拖拉机和摩托车，故两条细长的车辙深深地印在路上。我们乘坐的越野吉普车似乎很难前行，只好弃车步行。

“到了。”引路的人说。

顺着引路人的指引，我们大步向前走去。刚出门时还是晴朗的天气，车子过了县城后，天突然变了，浓云密布，开始是蒙蒙细雨，来到横岭古墓群时，雨开始大了起来，我们的前后左右都是雾，一种阴郁深沉的氛围笼罩着我们。

这是一处丘陵地带，一座极为平常的小山，乔木掩映，灌木丛生。然而，在这个不显眼的地方，却隐藏着鲜为人知的秘密。

由于这里的丘陵与村庄都是横向的，所以前辈们给它取了一个很好记的名字：横岭山。

横岭山地形有些奇特，北面山势突兀，山岭连绵不绝，东面连接的两座山如拱如屏，好像一座太师椅。而山前的小山，恰似巨人坐在太师椅上，显得那么的淡定与从容。山脚下的溪水顺着蜿蜒的小河汇入东江。这层层山峦既可挡风又有溪流河水聚气，可谓风水宝地啊，先人真有慧眼，选择了这样一个山清水秀的好“居所”。

然而，面前的景物让我们失望，那充满希望的心在瞬间有点失落，这不是传说中的古墓群，而是一处偏僻荒野。荆棘满地，杂草丛生。坟丘不见了，但墓葬时使用的各种石料、石条、石柱、墓砖等七零八落地散在草丛中。一堆堆黄色的泥土，犹如一个个无望的守候者，在忍泣悲伤，这让你不得不慨叹，岁月无情哪，将一个曾经多么辉煌的地方变成了这样一副荒凉的模样。

之前，我曾听一些专家说，参观这个古墓群，你必须有极其丰富的想象力，对此，我早有心理准备了。

因为这里除了一片荒芜，除了压在古墓上面的高速公路，再也找不到任何可以吸引你的东西了。我们一行四人，找来找去连一片可以证明曾经有过古代文明的瓦砾、陶片、瓷片都没有。但我想，这个入选“2000 年中国十大考古新发现”的横岭山先秦墓地必定有充足的理由和证据，因为，那是科学的，来不得半点虚假啊。可是，眼前一片荒芜，甚至连一块小小的标志也没有。这种尴尬和遗憾，只能让我将荒废多年的那一点文人的想象力捡起来凭空想象一番了。

这儿就是先秦群墓，是广东省近代考古的新发现。

2000年，当新世纪第一缕阳光越过象头山，将七彩光芒投射在罗浮大地的时候，距博罗县城东北3公里处的横岭山传来了特大喜讯："博罗横岭山发现广东省迄今最大的先秦时期的墓葬群。"

横岭古墓的发现，为广东省近50年来最为重大的文物发现，这将改写整个岭南的文明史。

不是吗？岭南人"扬眉吐气"了。"蛮夷"、"蛮荒"之类的说法，从此当视为不确。据媒体报道，在博罗横岭山8 000平方米范围内发掘古墓300多座，除少量属于商时期外，大多数属于两周时期，并从古墓葬中发现了方格纹、夔纹等印纹硬陶碎片，同时出土了大量精美的陶器、原始瓷器、铜器、玉石器、铁器等，其中首次在广东两周时期的墓葬中发掘出土了铜甬钟。"这是广东迄今所发现和发掘的同类墓葬中数量最多、出土文物最精美、品种最丰富的青铜时代墓葬群。"据有关资料介绍，这些文物证实了岭南历史上确曾存在过文明程度相当高的青铜时代。这里出土的两个编钟，其质地和形态，都与中原的编钟大致相似，而花纹又有所不同，说明这里曾有高水平的制作工艺，文明程度与中原相当。这一发现，再一次打破了"岭南没有青铜器时代"的说法，从而使经过考古认证的岭南文明史得以上溯至三千年前。

这一发现，具有重要的历史、艺术和科学的价值，它所包含的内容和信息极为丰富，因而被评为"2000年中国十大考古新发现"之一。岭南文明，曾经先进，曾经辉煌，广东人引以为骄傲。

不是吗？"缚娄古国"离我们不远了。有关资料表明：百越之地存在过缚娄古国。传说中关于缚娄古国的文字记载，唯有《吕氏春秋》中有这么一段话：“埒汉之南，百越之际，……缚娄、阳禺、欢兜之国，多无君。”谭其镶教授主编的《中国历史地图册》中战国地图上也详细标明在博罗境内有缚娄古国。这个先秦时代的缚娄，就这么寥寥数字，给后人留下了一串串残梦。特别是近几年，有关研究缚娄古国存在问题的热潮一浪高于一浪。更不可思议的是，缚娄古国就在今天的博罗。但是这个古国究竟存不存在，从什么时候建国，在什么时候灭亡，当时的生产关系、生产形态和生产方式怎样，关于这些问题，至今也找不到有关文字的记载，也没有实物能够证明它确实存在。因此，这个古国的存在与否仍然是一个未知的谜。如果说缚娄古国是真实存在的，那么缚娄古国的国都又在何方？据有关报道，有学者从80年代出版的《中国历史地图集》第一册（战国楚越地图）上找到了以下一段文字：“战国时期，博罗属缚娄国，这个小国管辖今惠州、博罗一带，在当时诸侯相互兼并的情况下，没有多久就消亡了。这个缚娄国的面积大约包括今天的海丰、龙川、河源、东莞在内。”这段话中的“博罗属缚娄国”，只是说博罗是缚娄国的一部分，而不是说缚娄就在博罗。最近，有文章说，经专家考证，惠州的某县某镇，是古代的缚娄古国。是真是假，众说纷纭。

在这次墓葬群发掘中发现了铜甬钟和鼎，连同墓葬群的其他出土文物，说明这里可能曾经存在一个古国。另一有力证据是，墓葬群以等级地位为序排列得非常整

齐，出土的大件铜器主要分布在山腰，山下出土的多是简单的物件。可见，山腰为贵族墓区，而平民墓葬区基本集中在山下。这表明这些先人是生活在一个相当完整的社会体系中，并且建立了等级森严的社会制度。

横岭古墓群的发现，连同90年代以来在博罗、增城一带的考古发现，为共同寻找和复原先秦之前的缚娄古国提供了非常重要的资料。

关于缚娄古国的兴起和灭亡，人们假设了种种原因，但都因为证据不足始终停留在假设上。而敢为天下先的博罗人，一方面在不断地假设，一方面在不断地通过考古活动来求证。对此，历史已经做了充分的验证。早在70年代石湾青铜编钟的发现，90年代的园州梅花墩和龙溪银岗古窑址的发现，加之这次发掘的新中国成立以来广东最大的先秦古墓葬群，这些发现不仅印证了博罗历史曾经辉煌，证实了博罗的厚重历史，而且也为寻找消失的缚娄古国提供了可能。

横岭先秦古墓葬群的发现，令国内、省内考古学界和媒体把眼光投向了广东，投向了罗浮山，投向了博罗。著名的学者来了，省内外的考古专家来了，主流媒体的新闻记者来了。学术论文、新闻消息、专题报道等，铺天盖地，飞向东西南北。各种学术研讨会、论证会频频召开。什么“缚娄之国在横岭”、“广东青铜时代”、“客家话是缚娄国语言”、“惠州方言是缚娄古国之国语”，诸如此类的话语，一时间成为街头巷尾的话题，好像消逝的古国已在罗浮山下重现。

横岭，当然不是真正的岭，不过是筑土成山，仿佛

如岭而已，但它不是一般的人工假山，而是一座古墓群，一段辉煌历史的见证。面对墓群，我很感慨，仿佛看到缚娄古国就在它的前面，那些部落首领，率其子孙、部下昼宿密林，夜行小道，从中原大地奔往罗浮山下时的欣喜情景，他们一定是盘起长发，脱去长袍，卷起衣袖，铸剑为犁，扶犁耕地，挥锄开垦，灯下学文，月下习武；仿佛看到他们在历经一番艰辛后，一个个在这片福地上创家立业，无忧无虑，逍遥自在。这是一个古国的历史，也是罗浮山人生存繁衍的缩影。然而，历史总会改变一切，城墙不见了，古城已去，古墓已平，留下的是片片砖瓦和个个被击碎的梦幻。但在那些发黄的泥土上，人们已永久保存那一段历史，面对渐行渐远的历史，我们虽无回天之力，但我们依然笑对……

横岭古墓群的发现，堪称是一个历史奇迹！那一个个山包下埋葬的绝不仅仅是一具具先人的遗骸，而是一段段中华古文明历史，它的发现为我们了解岭南地区西周、春秋时代人们的生产、生活、民俗文化提供了难得的珍贵资料。

仰观天幕，不见云动，唯细雨淅淅，似乎在倾诉横岭的古今：历史的记述，民间的传说，考古的发现，加之那些似乎升腾不尽的袅袅炊烟，为横岭增添了一道神奇的色彩，而这粒“怪味豆”仿佛也永远品味不尽……

横岭古墓的发掘，掘出了一段文明，掘起了一片惊叹，这不仅是罗浮山的文化，也是岭南文化闪光的一部分。闪光的背后有点黯然，这种心酸莫过于眼前的一切，是残梦？是幽梦？

古墓一分为二，一半墓地是高桥飞架，墓地变通途，长眠在高速公路之下。一半墓地长满了野草野花，荒凉至极。这 8 000 平方米的古墓区，在罗浮山下，在东江北岸，永远地消失了，而留下的是考古专家汗水浸染的黄土和那本十多斤重的《博罗横岭山》考古发掘报告，而这价值无限的古文明遗址就深深地埋在了地下，不能不让你慨叹。

惊叹、慨叹之后就是无限的惋惜。

横岭，一个个的山丘，犹如一个个不张扬的幽梦，它依白水山，俯视东江，坐北向南，负阳抱阴，安分守己地等待着……终于等到了这一天，它伴随着新千年的阳光缓缓醒来。专家们论证，距今 2500 年至 3000 年的庞大古墓群的存在，证明它周围必有大规模的人群居住。由此推测，缚娄古国可能就在附近。

几千年的文物面世，仅仅揭开了一处埋藏在地下的秘密世界，那只是冰山一角。墓葬区找到了，而墓主的生活区尚未发现，古人的大千世界在何处？我不禁设想，假如它得以保存，或许会得到类似秦兵马俑般的待遇，从这里“顺藤摸瓜”也是没准儿的事。假如多点投入，让高速公路“挪挪身”或飞桥“横渡”；假如在“抢救性保护”的同时，建设一个“横岭古墓（缚娄古国）公园”，那不是功在当代，利在千秋吗！

雨停了，夕阳西下。

静谧的旷野，显得十分没落。没有飞鸟，当然也没有鸟鸣，只有那一路的车辆，竭力地在古墓上爬行，那马达的轰鸣声，让地下的孤魂心神不定。

风停了，夕阳西下。

火红的余晖在柳树叶上轻轻流淌，如一帘轻纱，覆盖着一簇簇艳丽的鲜花，在清明节里默默地告慰先人。

茂密的灌木丛中，夕阳折射出的光芒，让草丛间弥漫着淡淡的轻雾，在这静谧的灌木林中，俨然营造出一种温柔的冷漠，似乎是在为我们营造某种氛围。

沉寂中，已是黄昏时。

阳光透过树叶间隙射进墓区，地上、小草上、树干上，落下一个个红色的光斑，这些圆或不圆的光圈，在黄土地上轻轻地摇曳。

望着这些被深埋、被踏平的古墓，我的内心发生了微妙的变化，从开始的悲伤逐渐转化为羡慕。古人这样长眠在一处苍凉旷野，是那么的安静与优哉。在这种纯粹的宁静之中，每天都可以听到野草呼吸的律动和汽车的鸣叫，算不算是一种别样的幸福呢?

我就这样凝视着，思索着，用这种沉默的方式在脑海中翻过历史的一页页，缓缓地走进古墓的深处。似乎那纷纭的历史、那一个个早已化成泥土的人物又鲜活地在我的眼前慢慢地走来。我分明听到了他们苍老蹒跚的脚步声，正从荒芜的岁月中踉踉跄跄地走来，在“瘴疠之乡”，找到了世外桃源……

这时候，我的呼吸变得急促，转眼间仿佛走进了一个浑浊、嘶声呐喊的远古时代。我仿佛见证了沧桑的乱世岭南，仿佛看见了征战南越的“赵佗归汉”的猎猎战旗和万马奔腾的雄姿，我仿佛又看到了一代代的诸侯为了这世外桃源，演绎着一幕幕激烈而残酷的悲剧……

我依然站在古墓旁，脑海中是战云密布的刀光剑影，还有那温柔的女人在黄昏下等待丈夫归来之身影。幽梦向我走来，残梦仍在继续。我几乎挪不开脚步，在这悲戚的阳光和哀婉的清风里，弹奏着一首首历史的心曲。

面对古墓，总会遥想那躺在博物馆里的千古幽灵——编钟，此时，颤抖的心在大声地疾呼：缚娄国，你在哪里？但愿千古幽灵不要附着于“千古绝响”和“千年断梦”，但愿这编钟经过一番洗礼奏出时代的和谐之音，但愿我们所倾听的编钟之音，永远是那么清脆亮丽，那么纯粹明净。

罗浮“海”韵

大山本来没有海，因为美的元素多了，就有了色彩缤纷的“海”。

云海、林海、花海是罗浮山之最美。登罗浮山者，必定要敞开胸怀，真情无限地观看瞬息万变的云海，忘乎所以地享受气势磅礴的林海，豪情满怀地游览千姿百态的花海。此时，一种妙在“非海而确又似海”的奇妙景象，最让人在心旷神怡的同时，催生诸多的联想和感慨。人非仙人而处仙境，既虚无缥缈、若隐若现，又雄伟壮丽、婀娜多

姿，这简直是一种超凡脱俗的体验，是梦幻成真的享受，是大自然的恩赐。这时，你会真正地玩味出罗浮山的“海”韵。

云卷千峰集，风驰万壑开，罗浮山是一座云多雾重的仙山，自古以来，雾山云海是罗浮山的一绝。罗浮山北靠岭南，面临南海，藏风聚水。由于独特的地理环境和山岳地势所致，以山为体，以云为衣，云雾缭绕，风起云涌，成为罗浮山的奇观。

罗浮山的云海很奇，它似海非海，非海似海，浩瀚而平，澎湃而静，洁白而润。

在罗浮山观云海，雨过天晴时最为理想。每逢大雨过后，一团一团的水汽往上冲，形成云海。此时，烟云翻滚，波澜壮阔，浩瀚无际，气势磅礴。真如白居易《长恨歌》中描绘的幻觉一样“忽闻海上有神仙，山在虚无缥缈间”。

罗浮山的云海，从不同的角度观看，会有不同的景致，观云者也有不同的感受。

站在远处仰望罗浮山，令人赞叹不已。汹涌澎湃的白云把大山横向地分切为几段。山脚下的水汽像被煮沸了一般，蒸腾而上，一缕缕淡淡的云气缓缓上升，在茫茫的林海中飘逸，拥抱着连绵幽谷。山间的白云，既相对地固定，又缓缓地移动，犹如雪白的哈达，在山间飞舞。座座山峰若隐若现，若即若离，时起时落，扑朔迷离。山的最高端——飞云顶，时隐时现在云海之中，时不时含羞地露出个山尖尖，充满了神奇的色彩。此时的罗浮山有一种祥和宁静之美。游客们遇此美景，当然不肯错过，纷纷举起相机狂拍。

在山谷中观云海，面对气势磅礴的云海，必然会发出“海到无边天作岸，山登绝岭我为峰”之感叹。

风来了，风起云涌，山浮云海，云绕峰峦，波涛滚滚，奔涌如潮，浩浩荡荡，飞流直泻，白浪排空，惊涛拍岸，似千军万马席卷群峰。霎时，大小山峰、千沟万壑都淹没在云涛雪浪里。突然间，若有若无处，宽阔的大海，袅袅群峰，如一艘艘海轮乘风破浪，向远处驶去，一种“雄关漫道、迈步从头”的壮烈在心底升起。

风停了，风平浪静，云海万顷，天高海阔，波平如镜，山影如画。忽而，微风轻拂，四方云漫，涓涓细流，从群峰之间穿隙而过，然后慢慢远去。

风静了，大山恢复了平静，这时候，那厚薄不一的云彩悬挂在太阳的前面，清淡处，一线阳光洒金绘彩，浓重处，升腾跌宕稍纵即逝。云海日出，日落云海，霞光万道，绚丽多彩。

居高临下观云海，确有几分意境。在罗浮山飞云顶举目眺望，眼前的、眼下的云山雾海，神态各异：莲花云、墨云、彤云、流云、象形云，五色纷呈，美不胜收。那云朵就像穿着美丽霓裳、打扮得花枝招展的美女，在山峰中穿梭，曼妙无比。

罗浮山的云是浓重的云，是灵动的云，也是多情的云。山不转云转，峰不动雾动，似云非云，似雾非雾，像飘浮在天上的哈达，时远时近，忽高忽低。它们是万物生命的气息，是上苍多情的使者。有的见了来客会害羞地飘忽不定，一会儿飘得老高老远；而有的会驻足下来，静静地注视着你，默默地与你交流，即使要走也是走得缓缓的，一步一回头。

也许，罗浮山的云海比不上黄山、庐山的云海。虽然没有絮浪翻腾那般壮丽，没有日出日落时的五彩斑斓，没有壮志凌云之意境。但它们有的是情意绵绵、真挚浓郁的气息，有的是执著的守望，有的是无私的奉献。我想，或许它们的祖辈已经把上帝赐予的全部色彩都给了大山，而留给自己的只剩下洁白和灰暗了。是啊，罗浮山有那么多的山溪流水，它们还要云海干什么？罗浮山有那么多的树木花草，它们还要云海有何用？它们甘愿化作一个输氧工，辛勤地给这山、这水、这林源源不断地输送新鲜的养料；它们也甘愿变成一位守护神，不辞劳苦地守护着罗浮山。

啊！美轮美奂的云海，那“烟波浩渺钟神秀，锦缎铺地遮万壑”的幻景，让游人深深地沉思，把游人带进那“云卷千峰集，风驰万壑开”的绝美佳境，只要到过罗浮山的人，哪怕是一次，那无比壮丽的姿态和雄奇瑰伟的精魂，都会深深地铭刻在你的生命里。不论你离罗浮山多远，多久，心中从此都有一片浩瀚无垠的云海，一种“山登绝顶、舍我其谁”的豪情，永远留在心里。

千岭涌林海　万木击绿浪

在罗浮山，林海真是名不虚传！放眼望去，满眼全是绿。密密的绿树，无边无际，郁郁葱葱，生机勃勃。游客来到这里，纵览林海，千树万木，苍翠浓密，千姿百态，各具风华，令人目不暇接。

到罗浮山观林海，其乐无穷。它是一种享受，一次洗礼，一次呼唤，一次呐喊。

缓缓地，汽车行驶在罗浮山的山道上，进入林海了。临窗而坐，听不见鸟鸣猿啼，只有一缕阳光透过如波涛般的林海阴翳，款款地斜照在身上。

徒步山谷溪边，穿行在断涧残崖中，虽然汗流浃背，但苍翠、朦胧、幽深、神秘的林海景观，会使你忘记疲劳、忘记饥饿。此时，你已经悠游在林海的深处，置身仙境之中。荒草野乔，莽树蛮灌，丛林莽苍，青葱郁茂；弥望松树，郁郁蓊蓊。碧天乳云之下，漫山黛色一片。特别是那些苍翠的古木，忽悬、忽横、忽卧、忽起，有的独立峰顶，有的飘斜悬壁，有的冠平如盖，有的尖削似笔。古木参天之下更有特色：铁杉、油杉、苏铁、樟树、白木香、半枫荷、木兰等树木郁郁葱葱，杨桃、板栗、椎子、山桃等野果挂出来了，在参天大树底下，轻轻地摇曳着，慢慢地等待着。在林海深处，百合花开了，吐出一丝丝花香，成群的野蜂嗡嗡嘤嘤地翻飞在百合花的花蕾和叶子之间。更多不知名的野花挤在森林之中，树头下、坡旁、溪涧、山崖边，以无处不在的姿态疯狂地生长着，好像要挤破整个林子，挤破游人的视野，挤破这绿色的海洋。

乘着索道缆车在高空行走的时候，那机械的“咔嚓”声，让人有点揪心，甚至有些心惊胆战。但是眼前的一切立刻牵走了你的不安。

眺望远处，群山连绵，虽不见巍峨险峻，却是雄浑瑰丽。那连绵起伏的山岭是那样的繁茂，一排排毛竹林，一行行阔叶树，如千军万马，浩浩荡荡，从山脚直奔山腰。一丛丛杂树木，一片片松树林，枝繁叶茂，亭亭如盖。这时的你，就像置身于浩瀚无边的大海。绿浪翻滚，碧波起伏。

向下垂望，层林尽染，郁郁葱葱。树的颜色由浅绿、深绿到暗绿，层层叠叠，如梦如幻。从树丛间能隐约地看到一些峭壁，峭壁很深很陡，树在峭壁旁挺立着，显得更加立体和有活力。有的枝繁叶茂，亭亭如盖；有的盘踞而生，蔚然毓秀；有的躯干挺拔，硕大雍容；有的相互交错，参差披拂；有的干曲枝虬，伟岸挺拔；有的循崖渡壑，绕石而过；有的穿罅过穴，破石而出。

登上山峰，又呈现出另一番自然景观，绿色林海铺天盖地把整个山头包裹起来。流动翻滚着的绿浪扑面而来，视线也一下子豁然开朗，远远望去，峰峦叠翠的山脉，犹如一道道翻滚着的绿浪，重峦叠嶂，一一排开，汹汹而来，涌涌而去，可谓是“千岭涌林海，万木击绿浪”。

这时，风来了，风起云涌，云海和林海亲密地依着，手拉着手，肩并着肩，以排山倒海之势，俯冲到大山的深处，看似温和平缓的主脉山峰，转眼间便如卷起的潮水，跃起的浪涛，迅猛扑来，又一跃而去。这一条条时而倒卧吸水，时而翻江倒海，千姿百态、风情万种的蛟龙，叫你怎能不惊奇，怎能不赞叹！

进入罗浮山，你恍如融入了蓝天大海，可以尽情地在这里遨游；你仿佛闯进了海底迷宫，有你流连不尽的飘逸；你宛如登上了天堂圣殿，享尽了“迷离与梦幻”的快乐。此时此刻的你，若身为诗人、作家或艺术家，你会惭愧已有的笔墨语言怎么能描绘出大自然绚丽的美景；若是位思想家或是哲学家，你会感叹客观存在多姿多彩的物质世界，确实需要展开想象的翅膀；若是位道士或禅师，你会感悟到宇宙世界的玄机奥妙，崇尚道法自然的法则；你就是一位普通人，也会在这如梦如幻的自然画卷中，生出诸多神奇美妙的遐想，发出啧啧的赞叹。可以说，这苍茫浩渺变幻无穷的景象奇观，她以无法抗拒的力量，冲击了人的思绪。罗浮山的万木萧森，实在令我思潮如涌，她那神奇的魅力，深深地吸引着我去追寻她过去的足迹……

花海如潮铺天外　杜鹃似霞染阡陌

罗浮有“花山”之称。这里的花以品种多、花色艳而闻名，而且名贵花卉不少，如百合花、吊钟花、禾雀花、木棉花、野菊花、夏兰花、梅花、桂花、莲花、辛夷花、山茶花、姜花、含笑、蔷薇、萱草、鹰爪兰、白玉兰等，还有果树荔枝、龙眼、芒果、梨的花，等等。不到罗浮山，就不知道“花的世界，花的海洋”这样的

说法在罗浮山是多么的恰如其分！

置身花海中，处处弥漫着浪漫花香的气息。你看，红的似火，白的赛雪，粉的如霞，黄的像金，紫的若梦……最讨人喜欢的是：惊艳怀浓——玫瑰花、粉红胭脂——蝴蝶花、小巧玲珑——丹桂、独特艳丽——山茶花、清香妩媚——百合花、少女情怀——禾雀花、灿若云霞——山稔花、灿然如雪——梨花、金色年华——野菊花……朵朵娇艳，朵朵向阳。登罗浮山，最让你陶醉的，莫过于满山的鲜花，面对如潮的花海，你一定会心潮澎湃，思绪万千。

“花海如潮铺天外，杜鹃如霞染阡陌”，“人间三月花竞放，罗浮杜鹃最艳丽”。

初春，罗浮山满山灿烂的春花要数杜鹃最为火红艳丽，几百里罗浮好一派雄伟壮丽的美景！鲜艳夺目的映山红在绿色的海洋中燃烧，在多姿多彩、争奇斗艳中突显，如火如荼。啊，那是绿的海洋，花的世界，是美的胜地，精神的家园。

“春路雨添花，花动山传神”。那一片片艳如朝霞、灿若火焰的杜鹃，从泉水叮咚的深邃幽谷爬到峭壁悬崖的山峰，从这座山岭蔓延到另一座山岭，以燎原之势燃遍整个罗浮山脉，把春天的罗浮山装点得红绿相映，分外妖娆。

驻足罗浮山脚下，仰首眺望，隐隐约约可以看到山上万绿丛中不时闪过一抹火红，山脚、山腰“点点红”，山谷、山顶“片片红”的美景，让你眼花缭乱。吹面不寒的春风也带来缕缕花香，让你陶醉，让你神魂颠

倒。朋友都说，火红是杜鹃的身影，花香是杜鹃的清香。

越往上走，花越红，香越浓。

顺着曲折盘旋的山道，漫步于花海之中，不禁心旷神怡。那山道，那溪旁，杜鹃花姹紫嫣红，千姿百态。粉红的、浅红的、紫红的、深红的、素白的，色彩斑斓，赏心悦目。昂扬盛开的，娇艳欲滴；含苞待放的，娇羞诱人。花丛中挺立着粗细参差的青松，杂糅着嫩绿婆娑的灌木，把花海点缀得异常美丽。

坐着缆车往上行，四周山岚竞放着一簇簇、一丛丛艳丽夺目的杜鹃花，扑面而来。花影重叠，枝叶相交，望之若霞，层林尽染，空灵含蓄，如诗如画，美不胜收。

跳下缆车后，登上鹰嘴岩向飞云顶眺望，青山绿树之间云蒸霞蔚，火红火红的杜鹃花，如一张张的红地毯，从分水坳路边一直铺到飞云顶。这绵延20里的杜鹃花廊，如同彩霞绕林，恍若人间仙境。那岂不是“何须名苑看春风，一路山花不负侬。日日锦江呈锦祥，清溪倒照映山红”，这亮丽的生态景观让春游的客人流连忘返。

五彩缤纷的杜鹃花在云雾的滋润下，在阳光的照耀下，迎风玉立，灿烂如锦，在万绿丛中显得分外妖娆。那淡藕的紫红是春天的缤纷，仿佛来自东方的紫气，祥瑞降临；那纯洁的素白是天上的白云，好像皓洁缥缈的哈达，欢乐吉祥。五彩缤纷的杜鹃花又仿佛各色佳人，有的殷红欲燃，有的淡雅幽情，有

的丹唇皓齿，有的芬芳醉人，可谓风姿纷呈，姿态万千。“闲折两枝持在手，细看不是人间有。花中此物是西施，芙蓉芍药皆嫫母。”难怪白居易把杜鹃比作西施一般美丽。

有诗云：“浮山顶上花万千，一峰花独多杜鹃。”山顶，人如潮，花如海。凝神抚花者，举机拍照者，与花合影者，欢声笑语，比比皆是。赞叹者心花怒放，惊诧者肆意嚷闹，沉思者微笑颔首。神情百态，见怪不怪。听口音，看服饰，有本地游人，也有外地游客。无论相识与否，共同玩赏，相互赞叹，其乐融融。

“九江三月杜鹃来，一声催得万枝开……细看不似人间有，花中此物是西施。”面对如此景观，借用唐代诗人白居易之诗来盛赞罗浮杜鹃之美不足为过了。是的，罗浮杜鹃花分外妖娆，那婀娜多姿的枝叶，是那么娇羞腼腆；那娇嫩雅致的花瓣，是那么热情奔放；那沁人心脾的清香，是那么妩媚醉人。杜鹃花，风情万种，花美而不俗，花艳而不妖，花清而不浊。因而，奇秀无比，“花中西施”之美称，当然当之无愧，在罗浮山被誉为“花中之王”，也是很自然的了。

我徜徉在山坳里，站在春风荡漾的花海中尽情享受。那粉红色，那金黄色……包裹着罗浮山。她是大自然的杰作，是浑然天成的油画，是如诗如梦的人间仙境。彩蝶在花丛飞舞，游客在花间嬉戏，情侣在花下私语，激情在花中燃烧，豪情在花里奔放，她的片片明艳，她的丝丝清香，令人心旷神怡，让人久久遐想……

凡到罗浮山必观“海”，观“海”者，都若有所思。

当今社会，人与人之间，因为懂得，所以互爱；因为理解，所以欣悦；因为烦嚣，所以登山观“海”。人与大自然之间，其实无须彼此拥有，无须彼此相知。你可以带着太多太多的焦虑、浮躁、郁闷，到大山去，到罗浮山去，在险绝的栈道上健行，在晃动的索桥上探步，在陡峭的石级上攀登，在清凉的石凳上休憩，在险峻的山峰上眺望。举目所见，那是云海，林海，花海；侧而听闻，那是空山人语，深涧鸟鸣。

此时，你懂得，云是罗浮山的霓裳，林是罗浮山的桂冠，花是罗浮山的羽衣。她们与日月星同行，与天地人同在，永远是那么飘飘然、翩翩然、欣欣然。

此时，你不知身处何地，身在何世，身为何人。

此时，你必定会实情真露，全盘倾泻，吐故纳新，提神醒脑，陶然自得。

鲍姑倩影

罗浮山，简单地说，撩动我心的，不是那朱瓦拂云、飞檐凌空的宫观，不是那宫观正殿中栩栩如生的神仙蜡像，而是那崇山峻岭，悬崖峭壁，萧森万木，珍奇花草，洞天奇景，怪石幽岩，林籁泉韵，奇云妙静；还有那楚楚动人的神话故事和娓娓道来的似神像仙的历史人物。

这些历史人物，既非仙，也非神，而是一千多年前曾经生活在罗浮山中的一个个活生生的人，历代的罗浮山人都称他们为“仙”人，在众“仙”中，有一位鲜为人知的“仙”，令我陶醉。

她，美貌优雅，才艺卓然。

她，长于堆金累玉的土壤，身受世家门风的熏陶。

她，离我们很远，距今一千六百多年。

她，离我们很近，隐居罗浮山，著书立说，修身炼丹，行医治病。

她的传说家喻户晓。她医术十分高明，老百姓都亲切地称她为“女仙”。

她的头上似乎有很多光环：首创我国艾灸术，为我国历史上第一位女施灸家，史称“鲍姑艾”。

她的名字，承载着罗浮山人的一种特殊的历史记忆和感情。

她叫鲍潜光（即“鲍姑”），出生于官宦道学之家，是魏晋南海郡太守（当时广东、广西两省分三个郡：南海、苍梧、象郡）鲍靓的女儿，晋代葛洪的妻子。

鲍姑，是罗浮山人的骄傲，也是岭南人民的骄傲。这位柔柔的女子，深受道教影响，先跟父在罗浮山修道学医，后从夫在罗浮山行医炼丹。

对于鲍姑的神奇医术，史书记载：“每赘疣，灸之一炷，当即愈。不独愈病，且兼获美艳。”据传，清代文人宋广业有诗赞：

伟哉勾漏令，骖乘挟仙配。
频来琴瑟音，铮铮杂环佩。
晚归采灵药，晨起餐沆瀣。
行灸南海隅，仙宗混阛瘖。
崔生有良缘，赠以越井艾。
蜿蜒玉京子，应手得无害。

然而，在罗浮山，这位从远古走来的仙女，却没留下著作，没有留下可资纪念之物。所幸的是《罗浮山志汇编》卷三《庵庐》留下了寥寥数笔：

山记黍珠庵在罗汉岩右庭宇弘邃创自鲍靓时为其女建（即葛洪妻）左壁有何仙姑所题诗宋末久废宋秘书张宋卿丞相魏公留正重构为游息之所

我们无法判断《罗浮山志汇编》是正史还是野史，但“黍珠庵”位于罗浮山罗汉岩右侧，为官宦南海太守鲍靓为其女鲍姑所建，这一说法在很多资料中有所提及，因此关于“罗浮山罗汉岩右，有一座黍珠庵，是为纪念鲍姑而建”的说法，就有点不确了。所以，我在《问道罗浮》一书中提及这段话时，只能用上括号了。

又有资料介绍，黍珠庵在宝积寺之后罗汉岩右侧。于是，初春的一个周日，同几位以前的同事登罗浮山，进行了一次“寻梦”。在博物馆小张的指引下，我们从罗浮山南麓登山。春天雨多，刚进山，天下起了小雨，淅淅沥沥，如珠如帘，大山阴霾笼罩，气氛有些阴森。我们徜徉在雾海中，穿过那片朦胧，触摸那份宁静，撩起些许回忆。

“清明时节雨纷纷，路上行人欲断魂。借问仙姑何处有，牧童遥指杏花村。”小张调皮地吟诵着改动的古诗，得意洋洋地走在队伍的前面。然而，这幽默诙谐的举动，并没有给大家带来多少乐趣。山高路陡，雨天路滑，加上“寻梦”时间紧，任务重，大家的注意力都集中到寻找千年古庵上。

“到了，这就是宝积寺。”

我顺着小张的手势，把眼光投向一处山丘。

“宝积寺，在哪?”我有点迷惑。

“这就是。”小张肯定地说。

啊！残垣断壁，杂草丛生。这就是诸多史料和传说中提到的，由印度僧人智药禅师创建的苏东坡曾到过并在《题罗浮》中所记载的宝积寺。

眼前的宝积寺没有任何木质结构的材料，地上还有少量残破不堪的灰瓦片，但是寺周围的地基石却清晰可见，整个寺庙遗址的轮廓还非常明显，遗址杂草丛生，已经很少人光顾了。从随处可见的断垣残壁，荒草凄凄的寺庙遗址中抹去历史的尘埃，遥想曾经鼎盛的宗教文化，去探索出家人孤寂的精神世界。

停留片刻后，继续前行。我们攀野藤，钻岩缝，在荆棘和竹子中艰难地向上爬行。路越走越难，树木的密度越来越大，我们仿佛钻进了无边无际的原始森林。林子深处不时传来野兽的叫声，让人有点心慌；一会儿浓雾袭来，周围白茫茫一片，让人无法辨认方向；一会儿又下起雨来，细细的雨水飘在箭竹丛中，那水珠在竹叶上来回滚动着，我们拨开竹子前进，那水珠不停地打在身上……

雨停了，太阳已挂在西面山的后面。眼前依然是一片荒凉，有的是石头，有的是树林，可还不见黍珠庵遗址的踪影。我们面对的是一片荒凉，一片沉静。

“枯藤老树昏鸦，……古道西风瘦马。夕阳西下，断肠人在天涯。”虽不是秋天，虽有点夸张，但马致远《天净沙·秋思》之感觉，就是那样笼罩在我的心头。

夕阳下，山中升起了片片蓝色的雾霭，这蓝色的雾霭仿佛是卷卷历史记录的蓝本，透过这蓝本，我隐隐约约看到了这样一幕幕：

鲍靓父女相依为命，结庵修道。为父弃官从道，传经授道；为女挣脱了封建礼教枷锁，走出狭窄的天地，事从父教，艰苦磨砺，修身养性，学医炼丹，布道行医，济生救民，春去秋来，日落月出，年复一年，父亲留下一脸沧桑，女儿潜光已成鲍姑。

"羡煞鸳鸯共为仙。"黍珠庵里，为父为媒，蜡烛见证，拜天地，入洞房，葛洪鲍姑结连理。琴瑟和鸣，夫唱妇随，志同道合，秉烛夜读，著书立说。高山深谷，蝴蝶洞内，洗药池边，炼丹炉旁，为人治病于寻常百姓家，中国"艾灸之祖"之英名由此飞出……

太阳下山了，想象被林子的鸟声打断，历史的记忆再次淹没在大山中，淹没在夜幕之中……然而，鲍姑的倩影仍留在我们的记忆之中。

寻梦行动没有结束。

又是一个周日，同样是一个雨天。循着历史留下的痕迹，往广州三元宫拜谒鲍姑。南方的大都市热闹非凡，高楼林立，车水马龙，人潮如海。虽有导航系统的指引，车子仍是好不容易才从人海车潮中"脱颖而出"，来到了广州越秀山下的应元路。

三元宫位于广州市越秀山南麓应元路中端，与中山纪念堂遥相呼应。三元宫是广州最大的道观，相传该观旧为赵王庙，奉祀南越王赵佗。东晋时南海太守鲍靓信奉道教，在原庙的基础上建造了越岗院，用于传授道教，以及作为其女儿鲍姑修道行医之所，因地处市北，后人又称“北庙”。明代崇祯十六年改建后更名三元宫，主祀上、中、下三元大帝。清代康熙三十九年，时任主持杜阳棣在平南王尚可喜等人的资助下，先后扩建山门灵官殿、三元殿、钟鼓楼、吕祖殿、鲍姑殿、老君殿、玉皇殿、斗姥及道舍等建筑，使三元宫规模宏大。后人纪念鲍姑，在此立像供奉，称鲍姑祠。明万历年间曾经重修，崇祯年间扩为大殿，改祀三元大帝，改鲍姑祠为配殿，并改名三元宫沿用至今。

下车后，我们来不及擎伞戴帽，拾阶而上，眼前的三元宫笼罩在雨雾、烟雾之中。

沉浸在闹市之中的三元宫，粉墙黛瓦，古木森森，阶痕寂寂，隔绝了外面的喧嚣，一个红尘之外的桃源隐身在大都市之中。

三元宫坐北向南，地势北高南低。登上四十二级石台阶可达大门。石门额上刻“三元宫”三个大字，“三元古观，百粤名山”两联苍劲楷书赫然入目，是为清同治二年（1863）翰林学士游显廷手笔。三元宫与其他道观一样，一进大门便是有护法神王灵官把守的灵官殿，入门依次是三元殿、吕祖殿、老君殿、斋堂、祖堂、钵堂、抱一草堂等。

我拾级而上，来到位于主殿三元殿的右侧那座小小的鲍姑宝殿，凝视着端坐案上的鲍姑，思绪却已翩然远飞，飞到那个遥远的年代，追随着那飘逸的裙角流连于罗浮山、白云山的深林幽谷间。然而我知道绝没有这么浪漫，是心中的那份信念吧，那份悠然淡泊超然物外的信仰，依然停留在鲍姑宝殿。殿内不算大，但摆布得得体，以黄红色为主调的色彩，让这不足一百平方米的地方显得有点壮观与辉煌。当我在鲍姑塑像前停留片刻后，眼光很自然地扫视周围。最感兴趣的莫过于殿内的四幅楹联：

南海建医功未就衣冠随蝶化，
东樵证仙籍长留委羽伴鹅峰。

仙迹在罗浮遗履燕翱传史话，
医名播南海越岗井艾永留芳。

鲍氏慈怀悬壶济世消顽疾，
仙姑施药灵丹一贴起沉疴。

粤秀灵藏有虬龙井，
越岗红艾妙手回春。

这些楹联记述了鲍姑行医之事迹，鲍姑在医术上擅长针灸和艾灸，相传她采集越秀山和白云山上的红药艾，晒干后配合穴位针灸，治疗各种疾病，往往能药到病除。在《鲍姑祠记》中就有关于鲍姑用灸法治病的记述：“鲍姑用越岗天然之艾，以灸人身赘疣，一灼即消除无有，历年久而所惠多。”为采集红艾她的足迹几乎踏遍了罗浮山、白云山和越秀山的每一处悬崖幽谷。因此，后人称此艾为“鲍姑艾”。鲍姑的灸术，不仅扬名一时，而且相传了好几代人，直至明清两代，也还有人不怕艰辛乞取鲍姑艾。有诗可为证：“越井岗头云作邻，枣花帘子隔嶙峋。乃翁白石空餐尽，夫婿丹砂不疗贫。蹩躄莫酬古酒客，龙钟谁济宿瘤人。我来乞取三年艾，一灼应回万古春。”据《羊城古钞》记载，鲍靓“常行部入海，遇风而断炊，饮取白石煮食以自济”。

鲍姑还在三元宫内开凿了一口称作虬龙井的泉，用此泉的水煮药为百姓治病，药效非常灵验。相传当时广州曾发生严重的瘟疫，鲍姑和葛洪就曾经用泉水配药分发给百姓，驱除瘟疫，造福人民。传说，宋代方信孺有诗《鲍姑井》：“为觅丹砂到海滨，空山废井已生尘。不将一滴苏焦槁，神艾虚传解活人。”

寻梦还在延续。

仰首拾阶而上，低头踏级而下，鲍姑的倩影仿佛飘在眼前。

蓦然回首，夕阳在三元宫背后的越秀山渐渐下沉，大门上那几个银色的大字已经模糊，周围的高楼顶端已涂上了一层金粉色，这些高楼在逆光中定格成剪影，观中烟雾缭绕，将三元宫遮住……我的心情也像这暮色。然而，在朦胧中，我似乎看见了鲍姑的倩影：淡妆素裹，英姿绰约，衣袂飘扬，盈盈飞舞。

虽然时光已经逝去，但是葛洪和鲍姑在岭南、在罗浮山行医治病的故事却没有随着时间的推移而模糊，在人们的心里，他们是真正的“羡煞鸳鸯共为仙”。

三元宫由鲍靓所建，主要是为纪念他的女儿鲍姑，可见鲍姑行医救民事迹流传深广，为岭南人民所铭记。

（2011 年 4 月）

仰望罗浮

不知道是对大山的酷爱，还是命运的安排，知天命的我，授命于金融危机之时，从喧闹的县城，来到了繁杂的乡镇。命运的安排，又一次拉近了我与罗浮山的距离。一身疲惫的我，就这样匆匆地打点行囊，吟着贺知章的《回乡偶书》重返故乡，回到“罗浮仙山”之中。

在《仙境罗浮》一书中，我将雄伟的罗浮山描写为一处神秘的仙境，既是仙人居住的地方，也是人间仙境。它位于东江中游北岸，罗浮山背靠南越五岭，矗立在岭南中部平原。它，海拔 1 281.5 米。山峦叠翠，翠茵青

黛，群山拥抱，次第显露，似一幅挂在天幕上的巨画，如一座铸于地盆上的翡翠。这座雄伟壮丽的大山，艰难地拱出大地母腹后，经日月轮照、风雨剥蚀，呈现出美妙绝伦的姿态，它是那么翠绿自然。那种天然的律动，诗意般的仙山深深地打动着我。

远望罗浮山，有一种灵性的美。来此，你一定会有在这广袤的山野仰望罗浮山天空的快感。那蓝天、飞鸟、白云和流岚，那空灵的境界，会给你带来怎样的生命灵感呢？因为有了罗浮山，就多了特别的文字——“仰望之美”。古人说：“高山仰，心向往之。”我理解古人的审美心理和情感，那种空灵之美，我在我的故乡罗浮山真正找到了。

近望罗浮山，紫气如盖，雾海云天，隐约可见两条盘踞的虬龙，向东西方向蜿蜒而来，在飞腾，在翻滚，霎时间，那浓重的神秘凝集于我的心头，顶礼膜拜的虔诚似乎到了极限。

我仰望大山，巍峨的山峦，层层叠叠，树木森森，伟岸的雄姿，显得庄严肃穆。这就是我家乡的大山——罗浮山。

大山是我的“衣食父母”，大山充实了我金色的童年，大山是我人生奋斗的标杆……

自有记忆开始，家喻户晓的传说、罗浮山的神话故事，在我幼小的脑海中留下了罗浮山的印象：伟大、神圣。

孩童的时候，我就知道罗浮山的美。村子后山与罗浮山遥望。那时候，我经常与小伙伴们在后山玩耍，也常常骑在父亲的肩膀上戏玩。那是怎样的一种欢愉之乐呀。骑在父亲肩膀上，遥望那罗浮山啊，其乐无穷，蓝天下的大山，光艳夺目，大山的云朵，随着风儿，向着一个方向，朝着罗浮山移动，然后停留在大山，轻轻地亲吻着大山。当然小时候根本不知道什么叫亲吻，所以，我们就称之为“云吃草”。起风了，刹那间，黑云代替了白云，罗浮山的上空乌云密布，一条条黑云带在罗浮山飘动，我们称之为“龙吃水”。雨后，一派青山飘玉带，大自然把一条条巨大的瀑布挂在山川之间，李白《望庐山瀑布》的意境在这里更显得灵动。因此，罗浮山的美，从小就在我脑海里扎了根。

罗浮山下延绵的山坡，它的身上曾印着我小小的足迹。孩提时，除读书外，总跟在大哥大姐的后面，涉过湍急的沙河，来到罗浮山下的山坡玩耍，捉迷藏，摘野果子。累了，就躺在杂草堆上，仰望着那神秘的大山。

当我由红领巾的牵引，第一次来到罗浮山，仰望拔地通天的山峰，观瞻端庄威严的神像，抚摸“岭南第一山”的石碑，只觉得冷冷的岩石分明透射出炽热，堂皇的寺殿显示出逼人匍匐的严峻。莫说崇拜是人类的童年，倒是我登临时获得的唯一体验，崇拜大山的神圣，崇拜人难以靠近的伟大。

上中学了，懂事了，为减轻家里的负担，无论是暑假还是寒假，甚至是周末，树林茂密的罗浮山下，总有我们少年的身影。割草、砍柴，挣回些许钱作为上学之用，从小就向大山要钱啦！在家乡通往大山的每一条小径上，方圆十公里无不留下我少年的足迹；每一孔山泉处，无不去品一两口清凉与甘甜；每一座山岭，无不睹一睹山上那层峦叠嶂的山屏。

这是命运的安排。我选择了大山，大山无私地接纳了我。这种选择与接纳几乎成了持久和永恒。长大了，迂回在罗浮山下周边地区工作，天天与罗浮山对视，日日与山峰霭雾厮磨，看惯了草飞树长大自然的葱茏，听多了人来车往的喧嚣，少年时的感觉渐渐被淹没。身在大山的我对大山的雄伟，对大山的情感，似乎是有些坦然和淡然。也许是阅历的浅薄，对大山的神奇，对大山的沉默，总觉得难懂和迷惑……随着岁月的流逝，头上的华发渐多，脸上的皱纹亦增多。然而，一种感觉，一种恋山情，悄悄地改变了我固执的思维，对大山的感性认识逐渐地、慢慢地向理性靠拢。然后，我伴随着临空而矗的大山，寻找美好的记忆。

我每每回家，总要仰望大山追溯着童年扑朔迷离的迹象。仰望大山，才知道什么叫可望而不可即，望着这座大山，总是在盘点自我，在大山中撒下了梦的希望，并检讨自己过往的得与失。

今天，我站在大山的脚下，像一棵歪着脖子的树，仰望大山雄伟，那连绵起伏的山峰呀，可是亿万年前的海啸，那一股股冲天的海涛，有的像刀，有的像剑，那是一块块碧绿的宝石，光艳夺目。

站在山外，我望着大山静止不动的身躯，把山林想象成一个空旷而寂寞的世界。走进山中，我听到了松涛澎湃、群虫吟唱、溪流欢歌，又觉得它是一个音乐的世界；而当我躺在山的怀抱，用心与它默默交流时，我才听到了另外一种声音——那是出自大山深处的一缕天籁之音。

从童年，到青年，再到中年，行将老年，我对大山情有独钟。我喜欢它的巍峨、挺拔，那顶天立地的气概，纵令铅云压境，雾锁峰峦，一时隐没无影无踪，却永远高昂着头颅，笑傲苍穹；我喜欢它的雄浑宽厚，那不分高低，紧紧携手靠拢而向上，峰拥峰，山连山，漾起大海般的壮阔波澜；我喜欢它静默中的涌动，那从宽厚胸膛里流出的一股股清澈明亮的淙淙泉水，宛若奔流不息的血液，从不囿于山里一方清静，去挑战，去抗争，去摔打，去拼搏；遇障碍，绕过；遇悬崖，跳落。一路左冲右撞，在群山峻岭中向前奔流，百折不挠，扑向旷野，回归大海……一滴水只有润泽禾苗才有价值，一滴水只有经过大海的洗礼才不干涸，才能感受到于烟波浩渺之上托起那轮生命朝阳的壮观。

仰望是一种回味，回味也是一种仰望，回味过去的故事，该多有诗意。仰望是一种美，一种律动之美，用这种美去接触罗浮仙山的美，这两者相加，即美上加美。远望欲临空而飞，罗浮则腾云而上，当你仰望这仙山时，你的双臂就会变成美丽的翅膀。假如罗浮山的一个个传说会变成现实，毫无疑问，驾驭这种现实去感悟罗浮仙山的诗情画意，永远是我心中的渴望。

思维仿佛回到了原点，滚烫的血液回到了恒温，激动的心情有所缓解。然而，大山的雄姿还是那么豪气，大山的神灵还是那么富有诗意……那蓬莱仙境，诗情画意；那凤凰涅槃，春风化雨，让你远望欲登。

坚守年味

早晨刚起，接二连三地接了几个电话，电话都是同一个内容：“今天是元宵节，请到我家吃个便饭。”这一习惯，已持续好些年了。

这一天，有快乐，也有困惑，怕它到来，又怕它离去，因为“走”元宵，“吃”元宵，是一件“苦差事”。然而，它又是一种富有意义的“回味”。

每到这一天，罗浮山下沸腾了。元宵，这既是传统意义的节日，更是有地方特色的盛会。这里所说的“节日”，当地人称“过节”或“做会”，是某一个姓氏族系

或整条村落为纪念祖宗而确定某一天为庆典日。这一天，每家每户都要设宴请客，所有亲朋好友纷至沓来。在罗浮山下，各个村落姓氏都有自己的“做会”日子。这种习俗已经持续了好几百年。族人利用“做会”这一平台，沟通感情，互通信息，增进亲情，也可以通过“做会”这一良机谈婚论嫁。在当地已成佳偶的男女，必须通过这一门槛。因此，“做会”，在某种意义上说，又是“情人节”。

元宵节兼“做会”是讲“福佬”话的地方才有的。讲“本地”话的我，自然而然要去做“人客”了。

今天，“做会”的亲戚很多，“户户到位”，不懂分身术；“有所选择”，肯定会得罪朋友；全然不去，又行不通。所以“赴会”也是件很烦恼的事情，只好夫妇分工负责了，老婆去亲戚家，我去朋友或同学家。

根据家里分工，我“单刀赴会”到老陈家。老陈是我高中时的同桌。毕业后大家各奔东西，很少来往。但自从我调回本地工作后，自然见面的机会也多了。他一直在家务农，生活过得很好，子女都长大了，各立门户，而他与老伴坚守“岗位”——种养、做生意，发家致富。他为人正直，在当地有一定的威望。这几年对我的工作也很关心和支持，所以这几年，每过元宵节我必到他家。

进入“福佬”居民区，热闹的场面让我眼花缭乱。红灯笼挂满了大街小巷，震耳欲聋的鞭炮声，此起彼伏，一声高过一声，红红的鞭炮纸屑把道路变成了一条条红地毯。一辆辆摩托车、小车，一群群身着五颜六色服饰

的客人，承载着家人的祝福，带着挥之不去的年味，沿着红色地毯流向千家万户，走亲访友，享受团圆之乐。啊！浓烈的年味在罗浮大地飘浮着。

车子慢慢行驶，好不容易到了老陈家，已是中午时分。

老陈家坐落在村子的尽头，是一幢两层高的楼房，坐北向南、依山傍水，是一块风水宝地。

老陈很客气，我人还未到，他就在路口等我了。见后，同学一见如故，我们肩搭着肩走着、说着、笑着。

老陈家里的设备齐全，现代化程度也很高：大屏幕液晶电视、激光音响、高档茶几、真皮沙发……眼前的一切，是城市，还是农村？如果是第一次见，必会为之一震。

“老同学，了不起呀！”我高兴地说。

“哪里，哪里，做了点小生意，发了点财。”他用带“福佬”口音的普通话俏皮地说。

其实，他从事木材生意十多年来，发了财，成为当地的“老板”，我早有所闻。

今天的客人很多，大厅、小厅、屋内、屋外都是，客家话、广州话、东莞话、本地话、福佬语，还有那麻将的碰击声，交汇在一起，叽叽喳喳，热闹极了。正在客厅坐着的几对男女，见了我们客气地让出了座位，几个老同学也不客气地坐下聊天。

茶几摆满了招待客人的食品，琳琅满目，有包装精致、五颜六色的糖果，有光滑红润的柑橘。面对如此丰盛的食品，感觉少了一些什么似的，而且有点纳闷，呵，想起来了，孩提时的米饼、松糕、糖环、油角等全然不见了。为此，大厅像炸开了的油锅，一场关于年味的大讨论开始了。有的说年味越来越淡，有的说越来越浓，面红耳赤，你一句我一句，一声高于一声，争论不休。

“开饭啦。”

陈夫人那不大不小的声音，终止了这场年味的大讨论。

酒宴开始了，龙门阵设在大厅和走廊里，有好几张桌。老陈宣布：今天的菜除味精、豉油和盐，全都是自产的。我心想，老陈是在夸耀吧！经他介绍，我才恍然大悟，饭桌上菜色很多，琳琅满目，红焖猪肉、白切本地鸡、清蒸桂花鱼、烧鹅、酿豆腐、茨菇焖猪肉、生炒黄鳝片、水浸菜心，应有尽有。呵，这一桌菜，还没有品尝，这些色泽鲜艳的颜色，已让我们垂涎三尺了。你看，那红红的大虾，似乎在预示着今年有一个红红火火的日子，那金黄色的腊肉和绿绿的葱段混合在一起，真的是红得发紫，绿得耀眼……细细数来，一共 12 道菜，真的是道道可口，盘盘诱人。

对酒当歌，人生几何。秀才强喧宾夺主，带头举起酒杯表达了一番谢意后，一饮而尽，差一点把酒杯送进肚里。午宴的“战斗”打响了，银筷飞舞，香气四溢，酒杯的碰击声，敬酒的吆喝声，交融在一起，回荡着。

酒过三巡，大家的话自然多了起来，学校欢快的读书生活、人生的苦短、婚姻的趣事、张三李四的风流，等等，像打开闸门的洪水奔涌而出。最后，话题又回到了不变的年味，最后是远在深圳工作的阿强作了总结："年味越来越浓。"

无须去寻找过去的影子，无须再去回味过去的年味儿，身临其境，眼见为实。时光荏苒，一年又一年，随着时代的进步，生活水平的日益提高，人们已经不像少年时那样热切期盼过年了，在"天天过年，日日过节"的日子里，物质的丰富和营养的过剩，消减了人们期盼幸福的耐性，淡化了人们迫切盼年的心情。但我相信，这千百年来积淀的年味一定会代代相传，因为过年的魅力和生命力，不因时代的发展而消失，不因"洋节"的加入而褪色，不是吗？

一副副春联写出了时代的春光。

一张张笑脸展出了幸福的喜悦。

一阵阵笑声传递着美好的祝愿。

这就是年的味儿。年味是一种凝聚，凝聚着祥和安康，凝聚着欢乐喜庆。

新年要的是热闹和欢快，更需要热闹中的和谐和欢快中的宁静，年味变了，变淡了？变浓了？仁者见仁，智者见智。年味变了，但年的根基没变。人们在追求丰盛物品的同时，更加追求高雅的娱乐；在追逐平等公正的同时，更加坚守百善孝为先、常回家看看的中华传统。

春节确实是个好日子。《前汉书》里记述道："春者，天地开辟之端，养生之道，法象所出，昏斗指东方曰春。"春节是吉祥幸福的象征。节，多指节气，春与节连起来，这一天就是年之首，月之首，日之首。古人又把阴历每月初一谓之“吉”。在这样一个好日子里，欢欣祥瑞自然堂而皇之地无处不在。喜庆镶嵌在习俗里，荡漾在每个人的脸上和心里。

此情此景告诉我，这个经久不变的、永远鲜活的传统节日，是一种足以坚定自己、熏陶他人的浓郁纯正的文化，是一种世人不容轻视、不能忘记的情结，是一种民族精神的源头、生命的根基。

春节毕竟是我们中华民族的一个传统节日。细想起来，春节并非光阴流逝所带来的必然，而是人们本身的要求；千篇一律的日子难免会使人生厌，日复一日的奔波免不了让人产生一种不堪重负的疲惫。如果能换一种方式来充实一下生活，找一个理由来松弛一下神经，让热热闹闹的气氛给平淡的生活营造一份别样的滋味和美丽，岂不是更好？于是便有了春节，有了像老人一样慈祥、满含着温馨和抚慰的春节。

古观残梦

当你漫步于罗浮山时，参天大树与成片的绿色林海和一簇簇盛开的鲜花便映入你的眼帘，耳边忽远忽近的水声鸟鸣，使你神清气爽，心旷神怡，仿佛已来到了“世外桃源”。你踏入朱明洞景区，在会仙桥休憩，桥下莲湖流水潺潺，犹如为远道而来的你弹奏一曲玄妙而优雅的仙乐，让你从内心深处感到轻松自如，使你情不自禁地忘掉登山的疲惫。再继续向前望，冲虚古观，像一位仙风道骨的道人在等待你的光临。罗浮山，曾几何时，道观林立。如今，一座座殿堂，在绿树掩映中巍然屹立，殿堂内众多的神像显得庄严肃穆，古色殿堂，清幽典雅的环境，着装古朴的道士和忽而传来的几声悠悠钟声，使人顿有脱尘之感，无怪乎人们称其为仙境。

然而，你可知道是当年葛洪匍匐上山，结庐而居，采药炼丹，著书立说，为开创罗浮山道教而铺石开路？

翻开尘封的历史，迈开沉重的步伐，“寻梦？撑一支长篙，向青草更深处漫溯，满载一船星辉，在星辉斑斓里放歌”。

洞天胜境　四百二峰峦朝紫府

罗浮山432峰，峰峰奇秀，有的像玉女，有的像罗汉，有的像骆驼，有的像狮子，真是“满山皆奇石，峰峰有灵境”。每一座山峰都有动人的神话故事，都有一首赞美的诗篇，让人产生无限的遐想。在众多的山峰中，较有名的有飞云峰、上界三峰、泉源山、凤凰台、锦屏峰、杜鹃峰、玳瑁峰、聚霞峰、铁桥峰、玉鹅峰、云峰岩、燕岩顶、阿公髻、阿婆髻、笔架峰、四方山、狮子峰、玉女峰、骆驼峰等。其中主峰飞云峰又名飞云顶，海拔1 281米，直入蓝天，因为高耸入云而得名。唐代著名诗人刘禹锡，在游玩罗浮山时，登上了罗浮山这座百粤群山之祖的顶峰，夜半观日出，写下了“咿喔天鸡鸣，扶桑色昕昕。赤波千万里，涌出黄金轮”这样有声有色的诗句。明代王宗沐在其《游罗浮山记》中也有这样的描述：“……山划然孤耸独尊，若人君秉圭负扆，而万山支分派衍若连若背，若复若竖，若起若顾，若屏若旗，若鸟若犊，仰朝山为容……”（张成德等. 中国游记散文大系. 太原：书海出版社，2002. 26）

洞天奇景是罗浮山的一大特色，罗浮山的洞天除四周青山环绕、清静优美、林木森森、流水淙淙、山色迷人外，自然环境背风向阳，适宜道观寺院、书院精舍的建设。罗浮山洞景最佳的有朱明洞、黄龙洞、华首洞、朝元洞、酥醪洞、白鹤洞、明福洞、幽居洞、泉源洞（被道书称为第34福地）、桃源洞、白云洞、大慈洞、青霞洞（谷）、麻姑洞、蝴蝶洞、水帘洞、古白角洞和蓬莱洞等18个大洞天。有通天、罗汉、伏虎和滴水等72个小洞天，这些大小洞天各有特色，其中最有名的是道书上称为十大洞天之七的朱明洞。论规模最大的是酥醪洞，人称为世外桃源、长寿之村。

道教认为，别有天地的洞天，与人间有严格的界限，普通人是无法涉足的。

“洞天”之后，又产生了“福地”，福地是安乐幸福之地，是人们容易得到神仙福佑的地方。所谓洞天福地，指的是道教仙修的理想境地。道教认为洞天福地是很神秘的，凡人是不能进去的，后来道门中人在这些洞天福地中大都修了道教的宫观供道士修道，凡人也开始进入。

罗浮山良好的地理环境为道教提供了理想的神仙洞府。罗浮山是道教进入岭南的名山。早期《仙经》指出：“可以精思合作仙药者，有华山、泰山、霍山……罗浮山。”罗浮山成为仙家渴慕之地和隐居之所。《广东新语》卷三说：“自安期始至罗浮，而后桂（继）父至焉，秦代罗浮之仙，二人而已，安期固罗浮开山之祖也。其后朱灵芝继至，治朱明耀真洞天，华子期继至，治泉源福地，为汉代罗浮山之宗，皆师乎安期者也。”

从那时起，罗浮人的梦，就这样凝固成了那片幽深的灰色建筑群。所有的浪漫情怀、缥缈梦幻，一直伴随着那座古观香案上的缕缕青烟和声声钟鸣，游荡飘移。

早在东汉，道教名士就云集这里，道教初创时期，道士多入山修道，大都居山洞，或于其旁立茅舍。奇峰、怪石、岩洞（室）不仅构成了罗浮山的脊梁，而且成为道士活动的天堂。魏晋时，罗浮山已经成为中原内地大量道教徒频繁活动的地区，宋邹师正《罗浮指掌图记》记载道教的十大洞天中，"独罗浮邈处海上，天下想闻之而恨不至其地。间有能至之者，非遣世高蹈之士，必希仙慕道之人"。因此，许多道教名士都在此结庐修道。

朱灵芝，隐居罗浮山朱明洞。

华子期，隐居罗浮山泉源福地。

阴长生，隐居罗浮山铁桥峰。

苏元朗，修炼于罗浮山丹霞谷。

葛玄，修炼于飞云顶。

呕心沥血　葛洪结庐炼丹修身

虽然葛洪常常被后人称作"葛仙"，当成道教炼丹烧药的鼻祖，但很少有人知道，葛洪其实还是一位通晓诗书、能征善战的儒将。据说，葛洪小时候家里贫困，但自己爱好读书，靠卖柴换取纸笔。渐渐地，他学问做出了名，被当朝宰相司马睿看中，走上了仕途。这在士族世袭制度森严的两晋，几乎是一个神话。再后来，葛洪因为帮助大都督顾秘平定叛乱而当上了伏波将军。

但残酷的战乱让葛洪萌生倦意，他选择了急流勇退。东晋政权建立后，司马睿当了皇帝，他下诏书赐予葛洪高官厚禄，却被葛洪婉拒。从此以后，葛洪过上了中国古代知识分子向往的“清心养颐，闲游方外”的生活。几经辗转，葛洪来到了杭州宝石山西岭，对这座灵秀的小山情有独钟，他对徒弟说：“此地背山面水、龙脉环抱，如乘辇而绝尘，是养丹之所也。”

此后几年，葛洪一直在宝石山西岭结庐炼丹，修行自身，普救世人，也在这里写成了道家传世经典《抱朴子》的一部分。后来，宝石山西岭就被人称为“葛岭”或者“葛洪川”，葛洪曾经的印记，让这座小山多了一种神奇玄妙的味道。唐朝著名的三生石故事，一说就是发生在此地。

而葛洪当年所结的草庐，后来成了著名道教圣地“抱朴道院”。今天从西湖边远远望去，还能从葛岭半山腰的层林掩映中，看到抱朴道院的黄瓦飞檐，宛若一位隐士，凝望着杭州的变迁。

公元305年，是西晋惠帝御宇的第十五个年头，世事一言以蔽之，曰：“乱。”“石冰之乱”刚被平定，“八王之乱”进入了白热化。秋天在这一年里已经走得很远，一个再也不愿卑躬屈膝事权贵的人，投戈释甲，绝意仕途，抛下福禄，离乡背井，葛洪流离于徐、豫、襄、江、广诸州之间，搜求异书。但是，“北道不通”，又“归途受阻”，南下广州，而“频为节将见邀用，皆不就。……将登名山，服食养性……”，他来到了其曾祖葛玄曾经隐居传道的罗浮山。因为他一路走来，打听到罗浮山乃一方清静炼丹修道之地。袁宏《罗浮记》记载葛洪“乃憩于此山”，即隐居在罗浮山修炼。这是历史上有关葛洪早年曾隐居罗浮山的唯一记载。

葛洪在此开始结庐而居，采药济世，悟道炼丹，著书立说。后来，追随其修道者日益增多，又相继建东庵、西庵、北庵授徒。后来，葛洪建立的罗浮山南庵、东庵、西庵、北庵成为冲虚观、九天观、黄龙观和酥醪观。从此，罗浮山成为岭南道教的祖庭。

葛洪一生两度隐居罗浮山，且与罗浮山缘分甚深，对道教在罗浮山及岭南地区传播发展有深远影响。在道教洞天福地体系中，罗浮山是第七大洞天，第三十四福地。罗浮山成为岭南道教发展的中心。对于罗浮山来说，因为葛洪的开发，奠定了罗浮山的基调，也成就了这座山的独特气质。不仅如此，葛洪还是“中国道教殿堂化”的创始人。

葛洪第二次到岭南，是在咸和（326—334）初（黄丽英. 道教南传与岭南文化. 武汉：华中师范大学出版社，2006. 119）。葛洪晚年居罗浮山，是有史可证的。北宋初年乐史《太平寰记》卷一六〇“罗浮山”引袁宏《罗浮记》说：“以年老，欲炼丹自卫，闻交趾出丹砂，乃求句漏县，于是选焉。遂将子侄俱行，至广州，刺史邓岱以丹砂可致，请留之，洪遂复入此山炼神丹。”《晋书·葛洪传》也有类似记载：“以年老，欲炼丹以祈遐寿。闻交趾出丹，求为句漏令。帝以洪资高，不许。洪曰：‘非欲为荣，以有丹耳。’帝从之。洪遂将子侄俱行。至广州，刺史邓岳留，不听，去，洪乃止罗浮山炼丹。”

葛洪最后选定罗浮山炼丹并于此终老的原因，首先是罗浮山作为秦汉魏晋以来的名胜，符合道教金丹修炼的要求。葛洪《抱朴子内篇·金丹》云：“是以古之道士，合作神药，必入名山。”又引用三国时代《仙经》曰：“可以精思合作仙药者，有华山、泰山、霍山……罗浮山。此皆是正神在其山中，其中或有地仙之人。”“若有道者登之，则此山神必助之为福，药必成。”在葛洪所列举的可以炼丹合药的二十多座名山中，岭南地区唯有罗浮山。据传，葛洪初次登罗浮山，以及在罗浮驻守多年，是吃了不少苦头的。但这方面的历史记载的材料不多。初到此地，他站在飞云顶一看，古松参天，奇峰罗列，云生幽谷，雾漫琼台，林木茂盛，泉水清芬，山色旖旎，幽静至极，这在追求质朴、崇尚自然的道教中，端的是个洞天福地，是座好山。师兄们都称赞他的选择，在这仙境中炼丹，肯定能长生不老，修成正果，登天成仙。于是大家一齐动手，砍茅草的砍茅草，编帘子的编帘子，松为柱，杉为椽，很快就把“家”安顿好了。

其次是葛洪家族一直与罗浮山有缘。据有关记载，葛洪从祖葛玄曾率领众道士到罗浮山活动。“精思念道，常服饵术，能绝谷，连年不饥。……恒周旋括苍、南岳、罗浮。……弟子有五百余人。”北宋霍晖《冲虚观记》认为葛洪晚年求为勾漏令而停滞于罗浮山，“盖自从祖仙翁孝先吴时在（罗浮山）飞云顶修丹以来，风流相承，岂特咸和而避地远行而然也”。

葛洪隐居罗浮山，不仅在阐发道教理论上有卓越贡献，而且实现了事业、爱情“双丰收”。

葛洪在初进罗浮山时，绝意仕进，潜心研修道学，深得当时南海太守鲍靓的赏识，鲍靓将道书《三皇文》

传授给他。永嘉六年（312），鲍靓将女儿鲍姑嫁给葛洪为妻。《晋书·葛洪传》有记载：“（葛洪）后师事南海太守上党鲍玄，玄亦内学，逆占将来，见洪深重之，以女妻洪，洪传玄业。”葛洪此时已经潜心修道，服食养性，并继续《抱朴子》的写作。因此，葛洪在罗浮山留有众多的遗迹也就是理所当然的了，其中最为出名的是“遗履轩”，相传是葛洪与其师鲍靓常常彻夜谈经的地方。关于此轩还有一个颇具神话色彩的故事：

一天，师徒两人谈兴正浓，一直到拂晓时分还无睡意，忽然，只见一对玄燕朝他们飞来，可是，当他们将这双燕子网住后，却发现哪是燕子？分明是一双靴子！当然这也不是普通人穿的靴子，所以，便留下了神仙遗履于此地的传说。此轩得名即起于这个传说。在这个遗履轩上，还有一块青石板，长约五尺，高一尺，阔半尺，背倚巨石，恰似卧榻。然而这样窄的卧榻，也只有仙人才可以享用，所以也就留下了另一个传说，说的是古代曾有一位仙人在此静卧，因此古青石板又称“仙人卧榻”。

《罗浮志》卷二更指出遗履的地方：“遗履轩，在蓬莱阁后，鲍仙、葛仙夜谈之所。”（陈梿. 罗浮志·卷二，轩辕集）意为：“遗履轩”在罗浮山蓬莱阁后面，是鲍靓和葛洪晚上交谈论道的地方。

离遗履轩不远处就是蝴蝶洞，听名字应该与蝴蝶有关，或是能看见大群的蝴蝶。钻进去看，洞内宽约两米，高也有两米左右，曲曲折折，灯光虽暗，却增加了几分神秘感。有人到处找蝴蝶不得，很困惑。何谓蝴蝶洞？传说葛洪炼丹服后仙逝，罗浮百姓前来送行，只见葛洪遗留下的道袍顿时化为碎片，变幻成数不清的彩蝶盘旋起舞，后聚于此云峰山岩，成为“蝴蝶洞天”。后来此洞便常常飞出五彩大蝴蝶，于是人们叫它“蝴蝶洞”。虽是传说，倒也有趣。

道法自然　罗浮道观气势恢宏

隋唐时期，罗浮山已成为南方重要的道教名山。这里不仅道观林立，而且高道云集。不少著名道士隐居罗浮山，许多有名的高道都将罗浮山作为自己修行的地方。最为出名的是苏元朗、轩辕集等先后隐居在罗浮山修行。

苏元朗（玄朗）。据《罗浮山志》记载，他曾经隐居在句曲山（今江苏茅山）学道，得司命（三茅真君）真秘，修道成仙。开皇（581—604）年间，修道于罗浮山青霞谷，自号青霞子。为发明太易丹道，作《太清石壁记》及《茅君歌》，后发明太易丹道，作《宝藏论》。从游的弟子闻朱真人服灵芝得仙，竞相谈论灵芝春青夏赤秋白冬黑，只有黄芝产于嵩高，远不可得。元朗笑着说：“灵芝在汝八景中，盖向黄房求诸?”谚云：“天地之先，无根灵草，一意制度，产成之宝，此之谓也。”于是撰著《旨道篇》阐明内丹修炼之法。自此，道教才知道有内丹。又鉴于《古文龙虎经》、《周易参同契》、《金碧潜通诀》三书“文繁义隐”，于是纂写为《龙虎金液还丹通元论》，“归神丹于心炼”，用外丹名词解说内丹，提倡“性命双修”，以此为内丹修炼的核心。

轩辕集。唐代惠州道士，号称罗浮先生，武宗会昌三年（843），居京师。宣宗即位，诛赵归真，流集于岭南，遂居罗浮山白云洞修道。人传其数百岁，面容不见衰老。更为奇特的是，他居暗室之中，却可以看到数丈远。据说他每次去深山中采集药材，毒蛇猛兽不仅不伤害他，而且还来保护他。他治病时，只要用布巾一挥，病人立时痊愈。《东观奏记》中有一则故事印证了人们的传说：唐宣宗晚年酷好仙道，广州监军使吴德励在离开京师赴任时，脚已得病三年，行走时蹒跚不便，可是三年后，他从广州返回京城时，脚病却完全好了。宣宗感到十分奇怪，问吴德励原因。吴德励说是罗浮山人轩辕集治愈的。宣宗一听，迅速派人召见轩辕集赴京师。这个故事在《旧唐书·宣宗本纪》中有详细的记载：大中十二年（858）正月春，罗浮山人轩辕集抵达京师，唐宣宗召见他询问长生的秘诀，他的回答是："绝声色，薄滋味，哀乐一致，德施无偏，自然与天地合德，日月齐明，虽尧舜禹汤之道可之，况长生久视乎？……南海奏先生已归罗浮矣。"［陈梿. 罗浮志·卷四，轩辕集］唐皮日休《题罗浮轩辕先生居》云：

乱峰四百三十二，欲问徵君何处寻。
红翠数声瑶室响，直檀一炷石楼深。
山都遣负沽来酒，樵客容看化后金。
从此谒师知不远，求官先有葛洪心。

在唐代的许多政治事件中，我们常常会看到罗浮山道士的影子。例如，在著名的"会昌灭佛"中扮演主角的唐武宗，即位后十分宠信道士赵归真，对赵归真的话是言听计从。赵归真利用武宗对他的宠信，举荐了号称有长生之术的罗浮山道士邓元起。邓元起被迎入禁宫中后，与衡山道士刘玄靖一起和赵归真结成帮派，共同诋毁佛教，攻击释氏，最终导致了会昌灭佛事件的发生。

隋唐时期，罗浮山的道事之所以蓬勃发展，是因为罗浮山的道观建设如日中天，唐代由于皇室大力扶持道教，道士之居所进而被建筑为“如王者之居”，称为宫、观。从此，宫、观作为道士祭神和居所之名被确定下来，不再使用治、靖、庐等名称。此后，规模较小，或未被皇帝敕封者，仍有精舍、道院等称谓，但宫、观始终是它们的代表名称。为了区分和确指的需要，众多宫、观又各有具体名称。其命名之根据，或据经书，或据其他神祇名，或据道士名号，或据地名，或据历史传说故事，由于罗浮山具备道事活动得天独厚的环境，加上皇朝的大力支持，至隋唐时期，罗浮山道教宫观建设已经迈进了“中国道教殿堂化”的行列。

宋·霍日韦《冲虚观记》曰：“今冲虚观，乃（葛洪）都虚（庵）之遗址，（晋）义熙（405—418）初，始置祠以祀之。逮唐天宝（742—755）中，令守者十家，已而为观。……视罗浮二山诸观为甲。”九天观，在冲虚观东，五代南汉时建。宋改名明福观，苏东坡书额。长寿观，原葛洪西庵基，五代南汉时建，名天华宫，俗呼南天华，宋改长寿观。酥醪观，葛洪北庵基，建观年不详。宋苏轼有《怀酥醪观安期生诗》，或许唐时已建。会仙观，在增城县南凤凰台，传为何仙姑旧居，唐大历（766—779）间改建为观，于观左立仙姑祠。隋唐时期，罗浮山已成为南方重要的道教名山，建起一批宫观。其最早者，当推冲虚观。

《罗浮山志汇编》卷三引宋代郭之美《罗浮山记》曰：“晋咸和（326—334）中，葛洪至此以炼丹，从观者众，乃于此置四庵，山南曰都虚，又曰玄虚，又改名冲虚。”可见，罗浮四庵，就是葛洪第一次隐居罗浮山时建的四庵，著名冲虚观前身为都虚观。葛洪“羽化升天”后，晋安帝义熙初于此置“葛洪祠”。时至唐玄宗天宝年间（742—755），逐步将其扩建为“葛仙祠”，并置守祠十家。后至宋元祐二年，宋哲宗赵煦称帝时，赐“冲虚古观”匾额始名，该名沿用至今。当然，这段历史，也是借鉴一些史书整理出来的。然而，古观冲虚，依然“道貌”凝重，“道味”浓烈。有文字介绍，冲虚古观，历代均有修葺，冲虚观几经修建，现观是 1985 年香港圆玄学院等道教团体捐修的，经一番修葺，基本恢复了昔日金碧辉煌的原貌。冲虚观因为是葛洪所创建的道教圣地，所以现已成为岭南所有道观的祖庭。

冲虚观至今较完整保持了古观样貌。有文字介绍，冲虚古观，大体保持了清代同治年间的样貌。古朴内敛，不见张扬，很有“道法自然”的意趣，与周围的环境甚是协调。观后，苍松古柏，郁郁葱葱，为古观挡风避雨；观旁，绿树成荫，繁花似锦，为古观作“嫁衣裳”；观前，碧波荡漾，杨柳水岸，为古观藏风聚水。清幽静谧的岭南园林风景，让古观充满着厚重与神秘。一排排绿色的琉璃瓦，犹如一行行厚重的文字，记录了古观 1 600 多年的历史；殿脊上那些反映仙风道貌、历史典故、花木楼阁的彩雕，在黛墙青瓦的衬托下，展现出仙境独特的气势和氛围；脊顶那栩栩如生、精巧的“双龙戏珠”浮雕，使这座古观更显得庄严肃穆。

宋元时期，罗浮山又建了一批庵观。广莫庵，原罗浮道士莫洞观修道处，莫卒后，史东岩捐金营建，成于绍定五年（1232）。见日庵，创建于南宋，道士王宁素曾居此修道。

宋元时期也有大批道士在罗浮山修行，知名道士亦不少。陈楠、白玉蟾、邹葆光、邹师正、张月窗、梁真素等著名道士隐居罗浮山修道，这种兴盛的势头一直保持到明清时期。

白玉蟾，又名葛长庚，南宋道教金丹派南宗教派创立人，南宋道教中杰出的人物。《罗浮志》曰：“白玉蟾，字如晦，世为闽人，……得翠虚陈泥丸（陈楠）之术。……往还于罗浮山，……其在罗浮山多有诗文。”（陈梿. 罗浮志·卷四，白玉蟾）他原名葛长庚，祖籍福建闽清，生于琼州。据传白玉蟾天资聪敏，童年时即熟读了《易经》、《尚书》、《诗经》、《礼记》、《春秋》等诸经，12 岁举童子科，可见白玉蟾聪颖过人。宋开禧二年（1206）冬，随金丹大师“泥丸真人”陈楠至罗浮山学道。经过九年苦修，“始得其道”，后被尊为道教南宗五祖之一，被诏封“紫清真人”。

白玉蟾是内丹理论家。其内丹学说的中心为“精、气、神”，主张性、命双修，先命后性。其理论多融佛家与理学思想，声称“至道在心，即心是道”，与佛教六祖惠能提出的“见性成佛”、“心即是佛”的禅理心心相印，对五代以后道教的修炼方术有较大影响。

沧桑罗浮，千年道教。罗浮山道脉源远流长，一脉多承。传承关系复杂，这里既有金丹派系，又有符箓派的灵宝派，同时还有全真龙门派。正因为罗浮山道脉传承千年未断，因此，罗浮山道观的建设随着道教的兴衰曾几度起落，经过千余年的屡废屡兴，有的早已荒废。延至近代，再经兵燹和人为破坏，多毁于一旦，留存至今者，仅为其中很少的一部分。

惟其留存甚少，更弥足珍贵。现存的冲虚观、酥醪观、九天观、黄龙观等，不仅是罗浮山悠久历史文化活的见证，更以其历史的厚重向世人诉说其悠久。无论是现存的，还是消失的，罗浮山道观所展现出的无穷魅力，总让我们无法抵挡。于是我们去体味那流传的动人故事，走进岭南最丰富的原始森林，穿越时空隧道，顺着崎岖的山路，披荆斩棘，去寻找那千年罗浮道教古观的文明遗韵。

冲虚观为葛仙南庵故址，前面已作介绍。宋代哲宗赐额改为“冲虚观”。“冲虚”一词，见老子《道德经》，“大盈若虚”，“道冲，而用之不穷”，意即只有“无”，才能显出“有”来。当人们进入观后，再度回望时，才发现这意境的妙处。空旷的门洞中，生出

许多“有”来，确有仙境之妙了。有诗三首：

闻道丹砂可驻颜，兵符自解向君前。
罗浮半夜梅花月，看到仙书第几篇？

懒游大海龙常伏，寂守空山虎亦瘖。
自把瘿瓢浇药去，洞门花落昼沉沉。

蓬莱阁上紫烟生，朝斗坛边斗柄横。
云卧三更仙梦醒，满天明月步虚声。

黄龙观为葛仙西庵故址，始建于南汉前原金沙洞，后改为黄龙观，传有南汉王刘岩“飞龙在天”的梦境。创建于康熙年中（约1682—1702）为冲虚观住持张妙升创建，毁于文革时期。于1993—1995年，由香港青松观拨巨资在原址重建。规模超过罗浮山各道观。有诗三首：

何处天华有故宫，降王执梃去匆匆。
秋风吹醒黄龙梦，牛角河山夕照中。

一径陡如盘鹘起，万松怒作老龙号。
伤心别有先朝史，落日空山吊汝曹。

西风木末一亭孤，梦里黄龙忽有珠。
我自寻秋舒倦眼，青山尽处莽平芜。

酥醪观为葛仙北庵旧址，始建于晋代，有“安期神女会玄丘”的传说。有曰：“失修，清代几经兴废修复，

历年居诸屡易，尘劫又生。”清康熙末年（约1717），龙门全真派第十一代传人曾一贯任冲虚观住持，其徒柯阳桂在浮山处选址重建。

九天观原建于泉源福地，原名明福观，南汉所建，此处为泉源福地。读书人多在此攻读，有官至尚书者。宋神宗赵顼曾为明福观门匾额题字。有诗曰：“谁言九天高？今忽在平地。仙院阒无人，松阴双鹤睡。”

白鹤观始建于晋前，为葛仙东庵旧址。现存有宋时摩崖石刻，已被转移。

长春观始建于唐前，原为孤青观，唐时改为长春观，宋代又改为孤青观。

茶山观始建于清乾隆末年，为供奉赤松大仙黄野人而建。有诗曰：“云中鸡犬声，仙家在何处？一径入云深，落日携笻去。”

何仙观始建于宋代，为奉祀何仙姑而建。

丛林观始建于明太祖洪武二十四年，为响应明太祖朱元璋下诏“寺观合并为一”而建。

在罗浮山道观的修建历史中，道教承袭和发展了古代神仙居于天上、海中或名山的传说，陆续衍生出一些仙山蓬莱的神话，逐步形成了比较完整的宗教神学理论。

罗浮山的道观建筑完全符合“道法自然”的思想，这种人文景观处处体现了“天人合一”的追求。罗浮山道观的人文景观大致有两个鲜明的特征：一是以道教宇宙观进行总体布局，构思精巧，多而不乱；二是单个建筑物的造型、选择都尽量和自然地形相结合，努力展现道教“天人合一”的思想。

罗浮山的道观建设按照《洞玄灵宝三洞奉道科戒营始》卷一《置观品》所规定的宫观营造法式。在总体上由两部分建筑组成，一为奉祀神灵之宫殿，此为主体建筑，形制较大；二为道士居室，包括方丈室及道士各种生活用房，此为附属建筑，一般从简。主体建筑中，必有一两座主殿，处于突出位置。此主殿奉祀何神，有同有异。

根据“凡修建宫观者，必先构三清巨殿，然后及于四帝二后，其次三界诸真，各以尊卑而侍卫，方能朝礼圆全，无慊于焚修賷奉之心”之原则，罗浮山的道观皆以三清殿为主殿。“三清”是道教最高的尊神，分别是：“玉清”之元始天尊，“上清”之灵宝天尊，“太清”之道德天尊。

现存的罗浮山道观，与罗浮山的风景融为一体，错落有致地分布在罗浮山东西南北麓，被群山叠翠所包围，殿堂瑰丽，山水秀美。包含丰富文化内涵的诸神之殿、碑亭廊苑，赋予自然山水与人文的重新诠释，山水与宫殿、自然与人文，在这里得到圆满的结合。

也许这是一个美丽的传说，也许是古代文人的经典之作，但是罗浮山在道教的意念中，在道人的眼里，在百姓的心中是一块风水宝地。

空山鸟语兮，人与白云栖。穿过一片静谧的青山幽林，一座座千年古观悄然而立，红墙绿瓦，金碧辉煌，飞檐翘角，气势恢宏，境界非凡，香火鼎盛。而那些泉枯树折，杂草丛生，残垣断壁的古观遗址，显得那么沧桑与凄凉。那不是“千百年，数万载，时间如流水，划过有声有息；片刻间，永恒逝，残梦如微风，拂过则留痕”？

罗浮晨韵

天蒙蒙亮，从甜梦中醒来的我，把一身的疲惫留在被窝里，带着梦中的微笑，身轻如燕地从床上蹦下来，来不及洗漱，急忙打开窗户，一股微冷的晨风扑面而来，突然感到凉冰冰的水珠落在热乎乎的脸上，这天然的凉润抚慰，沁人心脾。

罗浮山面海，山中多雾。

听人说，雾是天晴的前奏，雾是心灵的洗礼，因而倍添几分眷恋。走，看雾去！

宾馆前面的休闲广场，紫霭

升腾，晨雾缭绕，穿着五颜六色运动衣的游客，在树阴下，一招一式地打着太极拳，动作如行云流水，连绵不断。想不到这源远流长中华民族传统文化瑰宝之太极拳，连普通人都练得如此娴熟。

我沿着长满杂草的路，徒步走向宁静的山坳。雾裹着丝丝细雨一阵阵迎面扑来；一缕缕凉意，有些沁心。雾越过了山，吞噬了山那边的天际，远近高低处处是雾的海洋。行走在山道上，踏着枯枝败叶，那尘埃和喧嚣，那世俗和贪念，那烦恼和苦闷，早随雾飘去。这时候的我，什么都可以想，什么都可以不想，轻轻松松，自由自在，虚幻也好，真实也好，雾在山中，山中有我，我在雾中，雾非虚雾。此时的我便是雾了。

晨霞洒向大山，那林木静立着，低垂着叶子，好像还带着睡意。潮湿的空气，薄雾凝结成粒粒雾珠挤落在绿叶中，晶莹剔透。也许是我的脚步过于沉重，前面的枝条有些晃动，接着，宁静的山坳热闹起来了。

一只只小鸟在树上翻飞嬉戏追逐，一会儿从一棵树飞到另一棵树上，一会儿定在枝头拍拍小小的翅膀，啄啄身上的羽毛，它们唱着、跳着，它们的欢歌笑语，总是那么自由自在，无忧无虑！鸟儿的声音划破了寂静的山林，山的四周热闹起来了。动听的鸟鸣，甜香的空气，使身上的劳顿消失得无踪无影。那山，醒了；那林，醒了；那溪，也醒了。于是村庄的门扉次第打开。那薄薄的烟雾在村庄飘着，那赶集的，送菜的，还有那送小孩上学的摩托车在村道上、公路上来去匆匆……我置身于雾中，是要寻找什么？求索什么？自己也说不清。

远山，雾锁山岚，莽莽树影，连接苍茫天空，雄伟的罗浮山，以朦胧的神秘展示它的雄伟、浑厚、秀美、精神。山涧，山花在风中点头；茫茫田畴，万紫千红镶嵌在绿白之间，鲜艳夺目；身着花衣的村妇，穿梭在绿色之中，采摘瓜果，一幅“绿野美人图”让人陶醉；在那水田的中间，农夫奏着“春耕曲”，扬鞭催耕。

原野紧紧依着大山，大山拥抱着原野，这头是峰峦叠翠，那边是广阔无垠，稍远处的河边，是几个晨浣的女人，或蹲于石上，或立于水中，挥动的是忙碌的双手，飞溅的是闲散的水花，披垂着的秀发随身姿而飘动。虽听不到她们的声音，却感觉到了她们的嬉闹。

太阳从地平线升起，此时的我，已站在高高的山坳上。向南平视，东面的象山因背阳而幽暗，西边的狮子山因向阳而发光，啊！好一幕“造化钟神秀，阴阳割昏晓”的景致！凝视着眼前繁茂葱翠、层层叠叠相依，浓密而厚重的绿阴组成一幅生机盎然而又诗情画意的画卷；翠鸟不停地在枝头鸣叫，在林间飞来飞去；溪流从石隙间流出，从石壁飞下；蜜蜂飞舞着，或盘桓于一簇枝前，或飞向另一花朵。

远处，望不到尽头的高尔夫球场，静静地躺在绵延起伏的山坡上，在雾中有一种朦胧的美，在这朦胧的美中，仿佛透着丝丝贵族气息，静静地等待着高官阔太的“亲临指导”。这些被刻意种上的草木组合成的丛林，还有丛林里的野花和间或的湖泊、溪流，使得球场成了一篇神形统一的散文，神奇、曼妙、富贵、高雅、潇洒。球场上有人在打球，穿着杏白的球衣，轻便的鞋，行走

在柔软的绿草上，如同浮动在无声的世界里。

我走下山，沿着另一条小路返回酒店。这是一条由青石铺成的台阶小路，这条小路地势险峻、周围林深谷幽、行人稀少。沿石阶一步一步下行，但见两旁耸立笔直挺拔的杉树，枝繁叶茂，阳光从茂密的树枝缝隙中斜射下来，一束束光线分外显眼。

走进冲虚观，很多香客在观内焚香膜拜，那线香、盘香、柱香冒着袅袅香烟，缭绕其间，似乎在帮助游客祈求平安顺利……这不断的香火伴随观内的道教音乐声、诵经声飘浮在上空……

罗浮山的晨曦很美。

它是多彩的美。白雾、蓝天、绿树、红花、琼台、楼阁，组成无与伦比的美；碧绿的似绸带的瀑布，飞流直下落九天；碧绿的密密匝匝的竹林，与红日争辉！

它是静谧的美。静得只听见清脆的鸟儿在低空欢叫；静得只闻到泥土、花草的芳香；静得只有侧耳才能听到的木鱼击打声；静得只有山溪涧潺潺的流水声。

它是灵动的美。灵动充满幽静的山间小路，人往这一过，两旁的林枝中扑棱棱惊起一两只鸟儿直窜天空，惹起蝴蝶、蜻蜓在空中飞舞。

山不在高，有仙则灵。那神秘的传说，犹如氤氲的云雾，又如仙女的绸纱，她们随风飘逸，接着是风来了，云动了，鸟唱了，泉响了，远方的客人来了。

它是朦胧的美。那笼罩着大山的晨雾，犹如一块面纱在飘动，山在雾中，雾在山里，若隐若现的山峦披上了一层神秘的色彩，让你遐想联翩。

罗浮山的早晨充满着希望。劳动者的歌声在这里唱响，水田间、山坡上、原野上，都有他们勤劳的背影。翠绿的稻苗随风翻滚，似波浪一浪高过一浪，催生着无穷的生命力，希望的田野蕴藏着明天金黄的收获。

罗浮山的早晨啊，唱响的不仅是晨曦的乐曲，更是生命的最强音。山峦、河溪，碧绿、恬淡、明静、清新，随着温柔的晨光，伴随清风，在罗浮山不同位置跳动，给人们带来了最优美、最和谐的乐章。山，只有这种乐章，才能雄伟壮丽；人，只有这种乐章，才能百事无忧，气定神闲。

一天只有一个清晨，太短，太短。人过一生，犹如过一天一样，有几个难得的早晨？又有多少难得的时光？当你走过罗浮山的早晨，你就一定会感觉得到！

古树余思

漫步在凉风习习的古寺华首台，徜徉于名胜古刹，需要心平气和地细细品味，阁上的每个殿堂仿佛陈酿的芳香美酒，愈品就愈有味道，愈能深刻地理解其中丰富的佛教文化。

华首古寺，我来过多次，并著有游记《古寺华首台》。一开头就用了“一处香客络绎不绝的佛教圣地；一处与佛儒道和睦相处的福地；一处

美丽幽静的赏景养生之地”三个排比句对古寺作了“精辟”的概述。然而，此次游赏，我的内心再次激起涟漪。

华首古寺位于罗浮山西南麓一座台地上，山地土质贫瘠，石壁礁岩星罗棋布，无论是扎根于石壁缝隙中的树木，还是长在青墙乱石中的青枝藤蔓，映入你眼帘的都是那么的郁郁葱葱，仿佛经神仙圣水滋润过似的，生机勃勃，群芳竞艳，景色秀美。

最让人礼赞的还属大雄宝殿左侧那棵千年古树——人面子。

在雷雨交加的时候她总是静止无语，在香火缭绕朝拜时她总是淡然处之，铁骨铮铮地笑对着天，任世事变迁，看沧海桑田，足以让你回味无穷。而她那带着古老神秘色彩的故事，更是让人津津乐道，引人入胜。

这棵古木参天的人面子，她不是一棵普普通通的大树，她从诞生的那一天起，就被披上了一层神秘的色彩，给人一种扑朔迷离之感。人们在观赏后都发出由衷的惊叹！

古木人面子是罗浮山众多绿色植物中最值得骄傲的代表，她树龄最大。华首古寺建于唐开元二十六年（738），至今已有1 370多年，古寺曾多次毁于战火。观寺重建于20世纪80年代，离古寺大雄宝殿不到100米的人面子树，更是“野火烧不尽，春风吹又生”，虽经近千年的风吹雨打，仍然参天耸立，百折不挠，枝繁叶茂，年年开花结果。她在历史的洗礼中练就了一身铮铮铁骨，凝聚了一腔朗朗硬气。一次次地，在风雨中抗争呐喊；一回回地，把云雾撕成碎片。她以威严的芳姿逼迫霜雾乖乖地逃遁……她犹如一位巨人，站在大雄宝殿的旁边，以巍然的身躯为寺殿遮风挡雨；以满腔的激情保佑远方来的香客，祈福保平安。人们都说，人面子是华首古寺之镇寺之宝。

凛冽的山风吹去了枝杈，春夏秋冬的年轮扭伤了她的身躯，留下了累累伤痕，但她却傲然挺立着，枝繁叶茂，树冠如伞，树围要四人才能合抱，从不“光秃秃”，从不“青黄不接”，永远生机盎然。

风和日丽，她身披彩装，在阳光下轻轻地摇曳；风狂雨骤，她顶天立地，在风雨中不弯腰、不低头。人面子像是沉默的老者。椭圆的叶子挡不住雨水，只能任它从空隙中哗啦啦落下来。雨顺着树干流下，青苔和身上的“牛粪巴巴”被洗去了，虬干几乎是纯粹的墨黑色，更加透出深邃和沉稳。

有人说她是“仙”树，传说当年的“八仙”铁拐李和张果老在此下棋，烈日当空，无以遮蔽。铁拐李遂从他的葫芦里倒出一粒种子埋在地下，施展法术，口念咒语，转眼间地面发出绿芽，一会儿，只见大树拔地而起，枝繁叶茂。二仙就此在树下继续对弈。据称，此树长成后没有任何变化。因是仙人施法所成，千百年了，其高度不变，也死不了。无论是炎热酷暑，还是数九寒冬，她都在寺庙旁向南来北往的游客述说着历史的沧桑和古老美丽的传说。

有人说她是“奇”树。她刀枪不入，火烧不死。因战乱，华首古寺曾多次遭劫难，残桓断壁，杂草丛生，而她总是能幸免，时人无不拍手称奇。莫非真如民间所说，这古树是八仙所栽？

站在大树下面屏息静气，她仿佛在无声地向你倾诉，生命是这样不可遏制，生命是这样顽强和珍贵。她珍爱每一束阳光，珍爱每一滴雨露，甚至珍爱每一丝从山下吹来的清风。她使周围的环境有了灵气，让那些生长在寺庙周围的同宗相形见绌，黯然失色。

今天，古老的人面子还和往日一样安详地站着。她深褐色的树干、枝条似乎显得更加深沉，她那绿色的叶子也似乎显得更加浓绿，看着每一条细枝，看着那片片绿叶，春天气息依旧，除了绿色还是绿色。然而，人面子的每一根树干又像古老院落里堆积的柴火一样，显得那样粗糙，那样苍老。她在温暖阳光下静静地待着，等待着春雨的到来，经过蒙蒙的如丝的春雨滋润，那深褐色的枝条上会有绿色的小芽长出来。我知道即使春雨迟迟不来，那古老的人面子也会发出嫩绿的新芽，又开始她郁郁葱葱的春天之旅。

我慢慢地走着，快要离开这棵古树了，我却好想留下，一直静静地站在她的旁边，我也想像这人面子一样待着，等待着每一个明媚的春天，等待着满树浓郁的夏天，等待着黄叶飘飘的秋天，等待着寒风凛冽的冬天。

阵阵微风吹来，有了一丝凉爽。蝉鸣声、蝈蝈声、木鱼声、诵经声逐渐响起，为这古老的人面子奏响了奇妙而动听的乐章。

罗浮春牛舞

春牛舞，是罗浮山民间娱乐性传统节目之一。其历史悠久，观赏性强，场面壮观，乡土气息浓郁，是群众喜闻乐见的乡土民间艺术。

每年春节或开耕时节，山区的人们就要满怀深情地歌颂辛勤劳作、默默相伴的耕牛，此时便盛行春牛舞这一活动。“春牛舞”一般由十多个人表演。有“掌牛仔”（牧牛人）用两手抱着塑料或毛皮制作的春牛道具在前面引领，淡定又稳重；“使牛佬”（耕夫）右手掌犁，左手扬

着牛鞭边唱边吆喝，潇洒又自如；后面的男子挥动着锄头跟着，调皮又诙谐；四个花旦挑着花篮唱起客家歌谣，摇曳又浪漫。他们踏着锣鼓声边唱边舞。乐器虽然简单，但旋律浑厚、欢快，乐声抒情、优美。

“春牛舞”团队串村走寨，挨家逐户地拜年。每到一村，先在土地庙前舞牛。而后，村中的每家每户用鞭炮和锣鼓迎接。歌手唱起四季歌。歌手们还根据各家各户的具体情况，随编随唱，恭贺大家新春大吉，万事如意。歌声一寨传一寨，“春牛”舞完一村又一村，直至元宵方罢。

表演前，“牛”躺在一边，在一阵欢快的锣鼓声中，由“掌牛仔”引着春牛绕场走几周，并对“牛”说几句俏皮打诨话，逗引发笑，渲染气氛，然后边舞边唱“锣鼓打来喜洋洋，各位观众企（站）两旁”，接着，“耕夫”、“掌牛仔”齐唱“锣鼓打来叻勒声，今晚在此打头棚，各级领导拣（这么）重视，百花齐放竞争妍”，“锣鼓打来叻勒声，舞牛等下就下棚（开始），人多地窄难开档，借阔地方就开棚”。一段锣鼓之后，接着又唱下去。表演时，“牛”的舞蹈动作很简单，只是随着牵牛人的唱颂，摇头摆尾，作欣喜之状，来接受人们的称赞。“使牛佬”是这台戏的主角，动作比较多，一边唱一边挥动着牛鞭，唱词内容朴实，曲调深沉，感情真挚。春牛舞了一阵之后，又有秧歌队上场，边扭边唱，敲锣打鼓，十分热闹。表演者还一边唱，一边借助牛耕、鞭牛、吃草等道具和情景，充分表现农民对这一农家宝贝爱怜的纯朴感情，动作逼真、和谐，稍有破绽，观众就要唱歌来讥讽："手拿菜花金黄黄，犁田大伯唔在行，丁丁园园团团转，样般（怎样）中间唔开行?"表演者便接过话头，逗趣作答："锣鼓打来闹洋洋，老兄讲得也在行，耕田还要水汪汪，留出中间做鱼塘。"这样有来有往，使气氛更加热烈。有的地方还有一生一旦，分别打扮成新郎、新娘，手持洋伞，肩挑花篮，边舞边唱，唱一阵，扭一阵，又敲一阵锣鼓。唱到兴高采烈时，有几个人走入场中边拍掌边跳，和演员一齐起舞，大家互逗互乐。

春牛舞，也叫"唱春牛"，源于远古先民的打春活动。曾书于春秋战国时期的《吕氏春秋·季东纪》说："出土牛，以送寒气。"相应的民间传说是，每年立春前，夏朝的国王少昊氏之子句芒率领农夫准备翻土犁田，可是犁田的老牛仍畏寒"冬眠"，句芒不忍心鞭赶勤劳一生、老老实实的老黄牛，就用泥土制成一个土牛，然后摔鞭响打，以警示老牛"不用扬鞭自奋蹄"。老牛被鞭的响声惊醒后，看见伏地睡觉的同类因贪睡正挨打，吓得赶紧下地干活了。从此，鞭打开春的土牛渐渐成了古人的迎春礼仪习俗。传说，汉代的迎妻接福，就是祭春神农神，都由土牛和农人表演，象征性地向人们展示春耕季节的到来，催劝农桑。宋代以后，春牛活动除围绕农事活动之外，在原有迎春礼俗的基础上，更加完善为节令喜庆活动。宋后南迁的罗浮山客家人，包括客家语系的地方，还保留了中原迎春舞春牛的习俗。至今，舞春牛在罗浮山已流传了五百多个年头。其起源有多种传说。其中之一是：远古时，人间没有牛，农民靠人力拉犁耕地。天神体恤民情，放仙牛下凡，从此人间便用牛代替了人力犁田。人们为了感谢牛的帮助，就在每年开春之前举行活动，唱牛赞牛，赞美牛的勤劳、勇敢、诚实、纯朴，祈祷一年四季平安、风调雨顺、六畜兴旺。这种象征性歌舞在罗浮山就流传着“春牛春牛，黑耳黑头，犁地耙田。越岭过沟，常年辛劳，五谷丰登……”的春牛调。

“春牛舞”是地戏的一种。演出设置简陋，以唱为主，配以做手、台步、圆场等简单演出动作。它不需要舞台、布景、戏幕，与观众面对面，背靠背，通俗易懂，是老少咸宜的演出，深受当地老百姓的喜爱。通过这种乡土气息浓郁的春牛舞，人们满怀深情地赞颂和他们一起辛勤劳作的耕牛，充分表现人对这农家宝贝的爱怜，对未来生活的祈求和期望。表演时，演员和观众同声欢呼，互相逗乐，气氛浓烈融洽，充满着农家特殊的欢乐情趣。“做戏是人，看戏是人，打响锣鼓人看人”，是舞春牛最真实的写照。这种歌舞活动，在罗浮山下的平安、柏塘、湖镇、长宁、福田乡镇较为普遍，解放前后曾盛极一时。20 世纪五六十年代，罗浮山的“舞春牛” 进入发展的全盛时期，各乡镇都有戏班活跃在罗浮山乡村的每一个角落，盛况空前。后来一场“文革”，这些节目作为封资修被扫除了，直到 80 年代才得以恢复。随着时代进步，这种民间舞蹈现已较少见，仅有福田镇保留着这一蕴涵浓郁客家风情，浓缩迷人客家文化的民间艺术奇葩。经过福田横

山头村几代艺人的努力，流传民间多年的春牛舞终于重返舞台，受到越来越多群众的欢迎。

春牛舞的演员一专多能，既能演唱、扮演多个角色，也会打锣鼓钹，轮番上场。春牛舞用罗浮山本地客家话演唱，唱词与自然腔调接近，听众听得清楚。唱词大量采用群众所熟悉的民间语言，言语通俗，具有浓郁的地方色彩，形象生动含蓄。演员的唱词，讲究抑扬顿挫，与日常生活的对话有明显区别，多了吆喝和节奏节拍。春牛舞唱词内容朴实，曲调深沉缠绵，客味浓郁，朗朗上口。音乐结构一般只分上下两个乐句，每两句之间加锣鼓钹间奏，循环反复，结构简单。唱词浅显易懂，较适合群众的欣赏习惯，观众往往听得津津有味，如痴如醉。由于在民间长期传唱，已经形成了一种特有的曲调，俗称春牛调。现抄录福田镇春牛舞一部分歌调以飨读者。

开头语及贺歌

锣鼓打来喜洋洋，首先来贺你祠堂，
麻石就来从底起，青砖顶到子孙梁。

锣鼓打来喜洋洋，今下贺喜好屋场，
到处高楼拔地起，家家住进新楼房。

锣鼓打来喜洋洋，如今农村不同往，
水泥道路宽又长，读书多过耕田郎。

使牛歌

铜锣打来响赳赳，如今开始来使牛，
舞牛唔系我创造，自古传来天下有。

铜锣打来响赳赳，贺歌紧唱也还有，
三日六夜唱唔尽，不如快点来使牛。

春牛古子尾刁刁，今朝忘记装牛尿，
装得尿来又怕晏，犁田唔多又一朝。

诉苦调

肚拔饿来裤头松，财主粜米涯断肠，
一连几日都食粥，愚话寒酸唔寒酸。

今日世界系难捞，肚拔饿到难伸腰，
全家大细都冇食，唔想办法命都冇。

对歌调

石上定线八字开，愚有山歌迎面来，
今摆大家柬热闹，开喉同愚考口才。

乜人吹箫嘟嘟嘟，奈人身带火葫芦，
乜人出世冇爷姐，奈人出世冇丈夫。

韩湘吹箫嘟嘟嘟，铁拐身带火葫芦，
王朝出世冇爷姐，观音出世冇丈夫。

爱情调

托张锄头去掷坡，坡下遇到两娇姨，
放下脚锄同佢聊，盲曾聊到水过坡。

掷过坡头去掷田，柬岩又遇两娇怜，
一心都想睇真的，盲曾睇真水过田。

罗浮山的舞春牛是当地的民间艺术奇葩，舞春牛寓意着人们载歌载舞庆丰年，“春牛”也为人民送去美好的祝福。每到年初一至元宵节，“春牛”都会活跃在罗浮山下的农村，那“春牛”用当地方言唱着各种内容的祝福歌谣，祝愿人们家庭幸福，老少安康，五谷丰登。那一声声时而低沉、时而高昂的“牛歌”从一片片辽阔的田野长长地响起，回荡在罗浮山湿润空气里，洒落在农户人家的心头，似清风又似春雨。

（原载《罗浮》2010 年第 9—10 期）

飞舞的绿道

像哈达，在田野飘扬；

像飞龙，在城乡穿越。

她，沿水而行，依山而建。碧绿的湖水，滴翠的山峦，娇艳的鲜花，清新的空气，“一行白鹭上青天”，一幅美轮美奂的景色与她同行，鸟儿用鸣唱为她伴奏，这就是绿道，绿色的道路！

富有诗意的绿道，她，无处不绿。狭长的

身躯披上绿彩，像一条绿色的长龙在罗浮大地爬行。她，忽而层林尽染，灌木丛丛；忽而榕树婆娑，翠竹摇曳；忽而田园风光，果木飘香；忽而盈盈江水，杨柳垂岸。这如画的美景，尽收眼底，美极了；沁人心脾，醉极了。

踏入绿道，满目苍翠，你，无论走到哪里，绿色都跟随着你。行走在绿道上，城市的喧嚣浮华瞬间褪去，紧张的神经渐渐松弛下来，全身沉浸在这片野趣横生的岭南画卷之中。

在绿的中间有万紫千红。那朵朵鲜花在绿的衬托下争奇竞艳，红的、紫的、黄的、粉红的、淡黄的，都想与绿争高低。花的叶子是绿的，绿在花的身上欢笑，花在绿的怀抱中撒娇，她们亲密无间，相拥相伴。

绿染透了绿道，绿色遍布绿道。

远处吹来的风是绿的，她轻轻地拂在脸上，是那么清闲与凉爽。那欢声笑语是绿的，传到耳里，是那么清脆与动听。

绿道，没有震耳的喇叭声，没有刺鼻的油料味，没有辣眼的泥尘灰……

绿道之上，时而红砖叠合，时而水泥铺就，时而明修栈道，时而长桥卧波；时而是平坦顺途，时而是九曲十八弯，时而是爬坡向上，时而是飞奔而下。

绿道，又一个新词在改革开放的前沿南粤诞生。它是改革者的成功之作，是人与自然和谐之结晶。梦想在荒山绿野中，在碧波荡漾的江河湖泊边，在炊烟袅袅的村庄旁，变成现实。

绿道，绿色之道，道者，路也。

有人说，她是政治工程；也有人说，她是休闲工程；还有人说，她是民生工程。

不是，都不是，她就是一条人行路。然而，此路并不一般。

天晴时，骑着崭新的自行车，穿越在道上，充满着豪情。道旁，那亭亭玉立的“盘架子”伸出嫩绿的枝头向我致意，那腼腆的红花向我点头微笑。那徐徐的江风、和煦的阳光让我陶醉不已。

在丝丝细雨中，手擎雨伞，漫步在绿道上，人在绿中，绿在画里。绿叶向我点头，红花向我微笑。

沿着这绿色的道路走，仁者可以享受到山之乐，智者可以体会到水之情。因而，绿道是我、是你、是大家乐山乐水之益友。

游绿道，不仅可以强身壮体，陶冶情操，还可以享受改革开放带来的新成果和新气象。你看，巍巍的铁塔翻山越岭，伸出双臂，紧紧拉住碗口粗的电缆，筑起那西电东送、北电南送之供电大动脉；延绵的公路，四通八达，车水马龙，蔚为壮观；广袤的田野，如诗如画，星罗棋布的鱼塘，更有一番精彩。塘基上那香蕉树，树影婆娑，水中那“白毛浮绿水，红掌拨青波”，让你舒畅快乐；公路旁，城镇外，高楼大厦林立，新建的农舍，红墙绿瓦，整齐有序，一派社会主义新农村景象。

这绿道，没有始点，也没有终点。她像一根项链，把珍珠般的乡村连接起来，这串串珍珠，彼此交织，熠熠生辉。

徒步在绿道上，面对如此多娇的田园风光，我不禁感慨，人生如是，迂回曲折。

流连在罗浮的绿道上，我仿佛穿越时间的隧道，上下三千年，纵横五万里，深深地为罗浮山的历史文明感到骄傲。

有人说，罗浮是几千年消亡的缚娄古国之所在地。早在两千多年前，罗浮（博罗）曾经创造过辉煌的远古文明。银岗古窑址的发现、公庄青铜器的出土、横岭古墓场的重见天日……改写了整个岭南古代的文明史，那“蛮夷”、“蛮荒”的说法，从此不确。沿着这绿道去寻找岭南的古代文明，就能领略到岭南文化的辉煌与灿烂。

绿道融入文化古道之中，沿着葛洪修身养性、苏东坡等历代文人墨客走过的路，蜿蜒而行，仿佛听到了清脆的青铜敲击音乐和古战场上的嘶鸣声，一瞬间，我又看到了葛洪采药炼丹的身影，听到了苏东坡的“荔枝吟”，听到了朱明洞儒子朗朗的读书声……

绿的面前是无限风光伴随的无限遐想，绿的后面是沉思与默默的记忆。作为曾经是绿道建设者的我，内心是多么感慨与喜悦。

一幅幅催人奋进的画卷在我心中永驻。

一件件感人的往事在我的脑中定格。

不能忘，历史没有开玩笑。“一年规划、两年建成、三年完善”的绿道建设，却仅用一年的时间，一条绿色的巨龙在罗浮山腾云驾雾地“表演”一番后，潇洒飘落在广袤的田野，沿着东江奔向远方……

不能忘，罕见的高温和雨水天气，给绿道建设带来了困难。然而，战酷暑，顶风雨，领导现场办公，干群一条心，人力机械齐上阵，披荆斩棘，硬是在地平线上划出了一道绿色的曲线。

不能忘，无障碍施工，这是绿道建设的最大亮点。绿道线路长，工程大，那复杂的地段，充满着错综复杂的利益矛盾，屋宅地、自留地的征用，果树青苗的补偿，等等，人民绿道人民建，农民兄弟对美好生活的期待和渴望变成了无私的行动，让出宅基地、自留地，砍掉果树，拆除猪舍禽屋……一切为了绿道。

走在绿道上，一队队“畅游绿道，骑乐无穷”的年轻小伙子，穿着五颜六色的运动装，骑着崭新的自行车，向远方奔去，流淌着一串串青春之歌。那三五成群的男女老少，闲庭信步，飘来一声声笑语欢声。我依然行走在绿道上，身似行云流水，心如皓月当空，感受家乡的诗意生活……

她，从远古走来

她，从远古走来。

从远古走来的罗浮山，她钟灵毓秀，风光旖旎。她以灵秀山水与幽美生态，孕育了古朴凝重、深厚斑斓的罗浮山生态文化。

“品尝”罗浮山生态文化，离不开金、木、水、火、土。“五行”是罗浮山生命的根。那七彩的金，嫩绿的木，晶莹的水，闪耀的火，沁香的土，充满着灵性，抚慰着罗浮山文化的根——生态，哺育着罗浮山生态的魂——文化。

中国古代思想家把金、木、水、火、土五种物质作为构成

万物的元素，以说明世界万物的起源是多样性的统一。春秋时产生了五行相胜这一哲学理念。《孙子兵法·虚实篇》曰“五行无常胜”，认为五行之间有相克。战国时期，“五行”说颇为流行，并出现了“五行相生相胜”的理论，“相生”意味着相互促进，如“木生火、火生土、土生金、金生水、水生木”等。“相胜”即“相克”，意味着相互排斥，如“水胜火、火胜金、金胜木、木胜土、土胜水”等。这些观点具有朴素唯物论和自然辩证法因素。“五行”说虽被后来唯心主义思想家神秘化，但它的合理因素一直被保存下来，对中国古代天文、历法、医学和工农业生产的发展起了一定的作用，是中国传统文化的精髓。

罗浮山历史悠久，人文荟萃，素有“物华天宝、人杰地灵”的美誉。厚重的历史文化和良好的生态环境，造就了罗浮山丰富而有特色的生态文化资源。在这里，我们竟惊奇地发现，罗浮山的生态文化是与五行文化中的金、木、水、火、土相互对应的，并且充满神奇的色彩。

贾谊曰：“天地为炉，造化为工；阴阳为炭，万物为铜。”在罗浮山，不难看出：铜淬之于金，林滋长于木，瀑得益于水，灯渊源于火，陶结晶于土。铜林瀑灯陶融金木水火土之根本。相生相克，周而复始；聚散生灭，天人合一。由此而凝聚罗浮山精神之博大！难道说这是一种巧合吗？不，这是伟大的罗浮山人民在金木水火土与铜林瀑灯陶中体会到渐行渐远的召唤，在力量的母体里组成和冲动着永恒的信念，繁衍着古朴和现代的形象，演绎着无限和有限的生命意境。金木水火土更凝聚陶瓷之风韵。你看，那含铁沙的白土，经过水的磨合，在木炭火的炼狱里，涅槃为陶，给罗浮山这片独特的天地带来了非凡的反响。同样铜不也是结晶于金，授柄于木，淬之于水，烧炼于火，取材于矿土吗？可谓青铜与金丹，纵横天下；木与佳果，香飘万里；瀑与水，川流不息；火与灯，光照千秋；土与陶，生命结晶。它们伴随着罗浮山的呐喊和东江的吟唱，奏响了罗浮山生态文化的辉煌乐章！

青铜与金丹　纵横天下

从那位盗火的神灵开始，带着沉重的伤痛和自信的微笑，远走他乡，跋山涉水，寻找和点燃那生命的火种，迸发了扣人心弦的烈焰，熔化了石头，从中冶炼出了一种叫“金属”的物质，它富有特殊的光泽而不透明。它导电、导热，并在烈火中任人锤炼……人类为了生存，首先发明了刀剑和各类青铜器皿，并汇集成精灵放歌于春秋战国。

远离中原的罗浮，显然没有铸造青铜器的遗址和传说。但是，罗浮山下古文物的出土，广东省近50年来的这一最为重大的文物发现，改写了整个岭南的文明史，“蛮夷”、“蛮荒”之类的说法，从此当视为不确。这一发现，具有重要的历史、艺术和科学的价值，具有崭新的内容和信息，给时代提供了新的认识，因而被评为“2000年中国十大考古新发现”之一。岭南文明，曾经先进，曾经辉煌，让广东人引以为豪。

神秘的罗浮见证了这一幕幕的历史画卷。

1973年，博罗县石湾镇苏屋岗农民第一次挖出两件青铜编钟；1984年，在博罗县公庄镇陂头神出土7件完好青铜编钟。这7件编钟表面都有精美的花纹，编钟两面声音不同，中央文化部音乐研究所的专家鉴定，认为编钟音质清脆，音阶准确，属于春秋时期的产物。他们还认为，这7件青铜编钟不是中原的产品，乃广东本土铸造，是地道的“土特产”。这冰山一角的“土特产”，逐步揭开了盛传的古国之谜。

轻轻地敲击着锈迹斑斑的编钟，清脆的声音穿越蛮荒的记忆。我们仿佛看见那令人震撼的一幕：

铸造的火焰在燃烧。此时的黄河、长江流域，正是旌旗猎猎，群雄纷起，随着最后一轮腥风血雨，吴越两霸称雄中原，姑苏一战，越败吴，历史进入新的一页。战国七雄对峙，十年间，六国灰飞烟灭，秦一统天下。而远离中原的南越，五谷丰登，六畜兴旺，歌舞升平。梦幻般的缚娄古国在人们的心目中显得遥远而神秘。

我们在神秘中寻找历史。历史的时空又回到了葛洪时代，这就是金丹时代。“于卦为离”的罗浮山朱明洞，是葛洪炼丹的地方，“稚川丹灶”肃然在这里，这“稚川丹灶”是先人遗留的探求长生的见证，它见证了“金丹”时代。灶台依旧，其仙风道骨姗姗可见；石壁上风雨侵蚀的斑痕，犹如仙女的霞衣挂在上面；松风如涛，好似琴鸣。“丹灶三年火，苍崖万岁藤。”就在这里，葛洪带着他那仙丹炼成灿烂如同黄金般的梦想，燃起了烧金的紫烟，练就了“守丹灶而不顾，炼金鼎而方坚”的意志和毅力，积累了丰富的经验，记载了大量的古代丹经和丹法，勾画了中国古代炼丹的历史梗概，但也多少让身后含愁眉黛绿的罗浮仙子，发出了“殷勤不为学烧金，道侣惟应识此心”的怨叹。

对面的葛洪炼丹遗迹，仍光彩照人，庄严依旧。这苍老而又凝重的形象，无时不昭示着一种坚韧不拔、刚柔并举的道教精神，为一群又一群的旅客留下生命之神韵。

青铜与金丹，留下了大自然所创造的杰作。它涌动的激情犹如江河的节律，在每一行的足迹上都写着悲壮的身影。生命的礼赞，从盘古开始就生出了一种情缘。到了赵佗卧薪尝胆，再到葛洪隐居炼丹，罗浮山“圣火”不灭，钟声不断。于是宗教的智者在这方热土打造出辉煌灿烂的宗教文化。罗浮山名于秦汉，鼎盛于唐宋，“百粤群山之祖”的美誉传遍中国。

木与果　香飘万里

木即树，木本植物的总称。《说苑善说》曰：“山有木兮木有枝。”木的故事，为我们捕捉到了地球原始时代原始森林的力量和许多生活的梦幻，谱写了多少美妙的诗章。

据各方考证，森林是人类真正的故乡，人类的始祖就是由从树上爬下来的猿猴进化而来的，然后从森林里走了出来。大冰河时期中断了“有巢氏”的生活方式，迫使人类的远祖从森林走向原野，走向江河。文明的古城堡崛起之后，人类才有可能骑骆驼去横越沙漠，驾艨

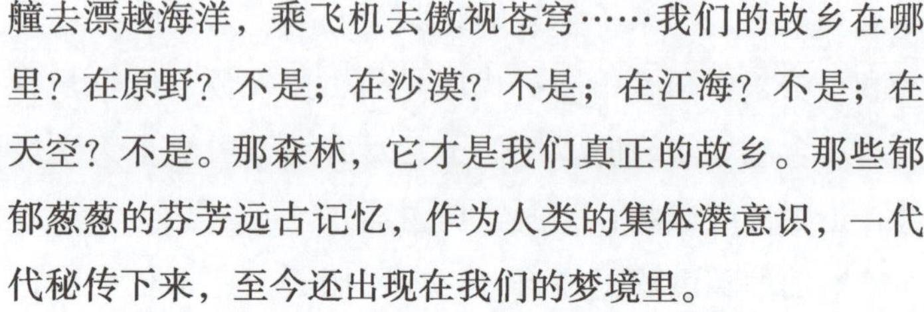

艟去漂越海洋，乘飞机去傲视苍穹……我们的故乡在哪里？在原野？不是；在沙漠？不是；在江海？不是；在天空？不是。那森林，它才是我们真正的故乡。那些郁郁葱葱的芬芳远古记忆，作为人类的集体潜意识，一代代秘传下来，至今还出现在我们的梦境里。

森林是一种文化。森林文化作为以森林为背景的协调人与森林、人与自然、自然与社会关系的文化样态，本质上是一种生态文化。在某种意义上也可以说，森林文化，是森林生态文化，其本质和精髓体现为人与自然和谐相处。这种生态文化，在罗浮山，每一处都有，每一处都能找到。

群峰嵯峨、涧峡纵横、溪流交错的罗浮山，森林类型丰富多样，热带、亚热带和温带植物并茂一林，形成南亚热带的天然植物园。

罗浮山景区总面积 214.32 平方公里，其中林地面积 164.48 平方公里，占总面积的 76.6%，森林覆盖率 69.9%。常绿乔木与阔叶林和众多的藤本、草本等植物，计有 4 000 多种。

罗浮山优越的地理位置，特殊的气候，复杂的地形，古老的地貌，为森林的生存创造了良好的条件，不仅使一些濒危植物得以繁衍发展，一些古树名木也得以保存。罗浮山各道观寺庙保存下来的古树名木就有 18 种之多，主要树种有小叶榕、香樟、秋枫、罗汉松、土沉香、红锥、杨桃、人面子、青果榕、龙眼、水松、九里香、大叶米兰、金桂、含笑、梅、山茶树、过江龙等。这些古树名木是罗浮山活的文物，也是罗浮山历史的见证。古树参天，萧森万木，奇花异草，绿阴蔽日，成为罗浮山生态文化的特色。

在罗浮山东北麓山脉，近年有重大发现。2009 年 9 月 15 日，《惠州日报》报道：日前，博罗县公庄镇组织人员经过多次考察，并经四川大学专家教授进一步论证，证实在博罗县公庄镇、柏塘镇、横河办事处和龙门县龙江交界处发现的面积达 1 万多亩的原生态林带，极具旅游开发价值。这被当地群众称为“秋风坑”的原生态林带呈盆地地形，四面环山，为保存完好的古灌木林。林带内溪流纵横、古木参天，并发现多种奇花异草和珍稀动物，堪称天然的动物园。据专家现场勘测，坑内的温度普遍比周边地区低 3 ~5 摄氏度。专家认为，这是打造原生态“清凉世界”的天然宝库。目前，有关专家正就原生态林带的开发利用进行详细规划。

罗浮山四季花繁。暮春火红的杜鹃、似锦的吊钟花成片开放；夏初百合花、野牡丹、姚金娘、山稔花如火如荼；秋季的枫香、山乌柏等，红叶迎秋；冬天的油茶花，花白如雪，傲霜怒放。罗浮山不愧为珠三角的“中心花园”。

罗浮山四季佳果飘香。春天的枇杷、杨梅，夏天的龙眼、荔枝、芒果；秋天的梨子、香蕉、沙田柚、柿子；冬天的柑、橙、橘。一年四季，应有尽有，让你大开眼界，让你撑饱肚皮。

唐开元年间，山僧即以甘甜味美的柑子作为贡品，并被皇帝命名为御园柑。北宋苏东坡被贬岭南，满腹惆怅伤感。但在安置于惠州来游罗浮之后，却爱上了“四时春”的罗浮，在“卢橘杨梅次第新”，“日啖荔枝三百颗”的生活中，“不辞长作岭南人”了。

罗浮山夏季气温，白天30°以内，晚上20°左右，由于空气中的负离子的浓度较高，即使酷暑天进入罗浮山，游客也会觉得凉风徐徐，可谓是“白天不用扇，入夜不用棉被垫”。

瀑与水　川流不息

大地拥抱森林的分娩，是血和泪的结晶，这结晶便是水，这水便是氢和氧，是最普通的化合物。这是碧绿绿的血在流淌，透露着真善美。在地球生命意识的内核，疼痛着这方原野。或许是浓浓的热恋，滔滔不息；或许是默默的感悟，绵绵不断；或许是慈慈的母爱，依依难舍。这就是罗浮山的瀑与水。山情，垂钓成绿浪的饥饿与困惑；水梦，沿着溪水的曲折与坎坷，川流不息的瀑与水，在罗浮山里尽情地放牧青春……

罗浮山雨量充沛，山林覆盖面广，山高谷深，孕育了罗浮山瀑布泉水资源。据有关资料介绍，罗浮山主要河流有蓝溪河（浮山流域）、澜石河（罗山流域）；主要溪涧有大坑水、鹿角坑水、新溪坑水、白鹤水、黄龙水、华首水、南寮水、坳岭水、茶山坑水、流云斜水、山背水、葛蒲涧、杜鹃涧、山茶涧等14条溪涧。除澜石河、蓝溪河外，其他河流、溪涧上均有众多的瀑布、跌水、澄潭。每当大雨过后，山涧的瀑布悬挂在山腰，非常壮观。古人赞之为“谁信匡庐千丈瀑，移来一半在东樵”。

罗浮山林深苔厚，郁郁葱葱，洞壁岩缝，储水丰富，

今人称之为“绿色水库”、“固体水库”、“岭南的水明珠”。

川流不息的山涧水，汇集了罗浮山巨大的水利资源，铸造出良好的生态环境。在罗浮山东南麓和西南麓，展现在人们眼前的是两幅“西子三千个，群山已失高。峰峦成岛屿，平地卷波涛”的美丽画卷。这是聚集罗浮山水资源的显岗水库和联和水库，是博罗县最大的防旱涝灾害的重要水利工程，又是旅游观光的风景区。这两颗璀璨的明珠镶嵌在罗浮山东南麓和西南麓山水之间，美轮美奂，令人心驰神往，顿生极其浪漫的幻想。

随着时代的变化，人们生活品质的提高，一种新的旅游方式——漂流，脱颖而出。罗浮山漂流景区群峰叠翠，云缭雾绕，神奇迷人，其一山一水，一木一石，一情一景，竞显“幽、曲、翠、秀、真、古、奇、情”，一湾一新景，九曲藏千画，时而奔腾澎湃，时而回旋幽谷，令人心旷神怡。蓝天白云下，青山绿水间，乘一叶扁舟顺流而下，随波逐流，逍遥自在。沿途竹廊扶风相掩，深邃的峡谷奇石星布成趣，高含量的负离子幽谷空气清新，清澈的溪水散发着自然灵气，让人如置身于仙境一般，将让你领略“激情穿越、仙境畅游”的独特神韵。

闯过险滩水势渐缓，蜿蜒迂回顺流而下，沿途的田园风光，峰林美景尽收眼中，鱼翔浅底，水清如镜，一句“只见青山不见人，却闻清音踏水来”将游人带入美景诗境。听听静谧山间蝉鸣林梢，看看“水村山郭酒旗风”，真有洗涤凡尘、回归自然之感。碧波荡舟，偶入一

泓水潭，绿树成荫，鸟语啾啾。此时，一种亲近自然、挑战自然的身心释放感油然而生。

瀑布的震撼来自于水的凝重，噪动了大山几多宁静，柔情的溪水和俏皮的皮舟，丰富人间几多风采。荡气回肠之后，便是一只只搁浅的皮舟；“如今迈步从头越”，再次荡桨跋涉，又激起皮舟奋起舞蹈，向着胜利的目标，向着一泓潭水，奔流直下。水的冲击声，两岸树林哗啦的抨击声，奏成一曲大山的旋律。是啊，生命的韧性在漂流中得到了极限的满足，人类也借助水的力量，传递着胜利的喜悦。这就是瀑与水对我们的启迪。

灯与火　光照千秋

火，物体燃烧时所发的光和热。《韩非子·五蠹》曰：“有圣人作钻燧取火，以化腥臊，而民悦之。”这说明人之初就与火结下了不解之缘，知道用火抵御严寒，用火驱退猛兽，用火烧烤食物，用火获得光明。

翻开积满尘土的泛黄史书，火的炽热迎面而来：它生动，它自由，它炙热，它雄浑，它悠久，所以令人难以分辨究竟是似火的文化还是文化似火……

火，催生了编钟，罗浮之音，恍如天籁；
火，催生了铜鼎，牢其基业，国泰民安；
火，催生了金丹，葛洪文化，绚丽辉煌；
火，催生了陶瓷，淬如芙蓉，灿若星辰；
火，催生了革命，罗浮忠烈，永垂不朽。

看着“火”狂舞的身影，我陷入了无限的遐思。它忽大忽小，忽高忽低，时强时弱，此起彼伏，又跃又跳，仿若顽皮的孩童在嬉戏追逐，一派生机勃勃……令人血液随之沸腾，脉搏随之跳动，情感随之起伏。“星星之火，可以燎原”，点点星光可以装饰太空。而不论是灿烂的《诗经》、《楚辞》，还是顾盼的“聊斋”、“红楼”；不论是铁鼓铜锣豪放豁达唱“大江东去”，还是杨柳水岸情意婉转赏“晓风残月”；无论是“百家艺枝自春售，潜力农商喧日昼”的《清明上河图》，还是“春蚕吐丝，姹紫嫣红”的《仕女箴图》……哪一页不似燎原之火？哪一页不是凝聚了人民的智慧结晶和精英之辈的灵魂之星光？

有光明的地方，就有人类文明。数万年前，人类就已经懂得使用自然之火来御寒、烧烤和照明。三千多年前，人类开始使用简单灯具承载火烛，书写文明史。从粗糙的石灯到青铜灯，陶瓷灯到电灯，从普通的灯光到LED，灯具的历史变迁打上了深刻的时代烙印，同时也是社会经济和文化的缩影。火的使用是人类从蛮荒走向文明的开端，它改变了人类的饮食，从茹毛饮血向精烹细做进化；它改变了人类的生存环境，从在黑暗中探索向灯火辉煌的文明迈进。时至今日，现代文明的人类社会已经是“可以食无肉，但不能居无灯”了。

回溯历史，灯与火是分不开的。有了火就有了灯，有了灯火就有了灿烂的文明。

灯，承载着人类的光明、求索之梦，替人类把心声传扬、讲述。灯，借着母性的、唯美的喉音替人类把光明和温暖化作温柔的召唤。灯的空间化、器具化、民俗化使火之意象更为深刻、更为神圣了。

最向往的灯火是豪放派诗人辛弃疾在《青玉案·元夕》里面描述的："众里寻她千百度。蓦然回首，那人却在，灯火阑珊处。"有谁能告知，可觅伊人芳踪的"阑珊灯火"在何处？是冰灯还是煤油灯？璀璨夺目的霓虹灯下还有谁的影子？灯的文化在这里得到延续……

关于灯的文化，灯的民俗，在罗浮山随处可见，且非常丰富。

花灯，又称"彩灯"，是我国传统农业时代的文化产物。据传，闹花灯的习俗始于西汉，兴盛于隋唐。隋唐以后，历代灯火之风盛行，并沿袭传于后世。正月十五，是一年一度的闹花灯放烟火的高潮。所以，也把元宵节称为"灯节"。

春节的罗浮山，是华灯的世界。走进罗浮山，可以看到各式各样崭新的花灯，罗浮山上的元宵节是一年中灯火最旺的时节，可算得上是"花市灯如昼"了。满街挂满灯笼，到处花团锦簇，灯光摇曳，到正月十五晚上达到高潮。

逛花灯、猜灯谜、煮元宵、放鞭炮是正月十五元宵节最重要的内容。小时候过元宵节，最盼望的事情，莫过于提着父亲亲手扎制的花灯，花灯里燃着一根流着泪的蜡烛，微弱的光线，在童真的脸上摇摆着，踩着细碎的月光，和小伙伴们一起唱"月光光照禾堂"。那时的夜晚远没有现在的妩媚，火树银花，霓虹闪烁，流光溢彩。那微弱的灯光和清明的月光，在夜里显得格外耀眼。那时的夜晚，是清冷和寂寞的，所以花灯和月亮融会在一起，加上欢歌笑语，就足以让我们快乐。那快乐来得真实自然，没有半分伪饰，几十年后依然盛开在记忆里。

罗浮山吊灯习俗已有几百年历史。当年南迁的客家人对血脉绵延极为重视，他们借中原传统的元宵节赏灯习俗，以“上灯”谐音“上丁”来庆贺家族添新丁，并形成了客家人别具一格的“吊灯”习俗。

罗浮山吊灯习俗由“开灯”和“结灯”两个阶段组成，分为“放灯绳、买灯、迎灯、上灯、暖灯、化灯”六个环节，其间还有锣鼓、八音、舞龙、舞狮、祭祖、饮灯酒等热闹的场面。

从正月初一到十五，是罗浮山“吊灯”的日子。“开灯”就是男孩出生后的第一个正月初一，凡是上一年有男孩出生的人家，都要买一只写有“新丁”字样的灯笼，挂在祖屋祠堂的上堂，这一天，只要你到祠堂看一看挂有几个灯笼，就知道这个家族添了几个男丁。一直等到正月十五那天，再将花灯升天，就是“结灯”。灯日的晚上，村里的人都会聚集在祠堂里，在一位长者的指挥下，把挂着的灯笼取下来，串在一条长竹竿上。然后，扛着灯笼，打着锣鼓，在各村之间，甚至到附近的镇上游行，这叫做“闹灯”。有的村子大，或添的男丁多，长长的竹竿上挂着一长串灯笼，锣鼓敲得震天响，他们在向人们宣告：“看吧，我们村添了多少人丁啊！”

随着时代的进步，人们的世袭传承观念发生了变化，不管生男生女，都会吊灯。而且吊灯的规模越来越大，形式越来越多。

透过盏盏红红的灯笼，凝视不断升腾的火苗，感悟出罗浮山蕴藏在生态文化之中的辉煌的民俗文化之光，在这民间风俗中看到许许多多生态文化的影子。

土与陶　生命结晶

《易·离》曰：“百谷草木丽乎土。”其土，即生命之土壤，地面上的泥沙混合物。《史记·李斯列传》云：“是以太山不让土壤，故能成其大；河海不择细流，故能就其深。”所以，土是地球构成的最基本元素。

亘古的浩歌，伴着泥土的芳香悠扬，现代的灿锦缭绕着繁茂的田园山庄。铿锵玫瑰和着大自然的万千风情，打开了弥漫着五颜六色的土地之梦，红肥绿瘦了那段金秋时光……

陶瓷，火与土的热恋拥抱，那炽热的情愫在不断燃烧，就像凤凰涅槃重生再造，火与土的结合诞生了陶瓷。

陶瓷，泥土的结晶，它在人类历史上足足横亘了多少个年头。悠邈的洪荒时代，在肆虐的野火无情地吞噬着大片森林时，人类惊奇地发现，经火烧灼的泥土可以黏结变硬！当人类诀别茹毛饮血的蒙昧时代而从事农耕、安享定居生活时，用火的经验使陶器应运而生。从此，人类便开始用火和黏士谱写文明史上那永无止境的陶瓷篇章！

银岗村，位于罗浮山下“七星伴月”的风水宝地之中。“岭南考古大发现”在这里横空出世，先秦古陶在这里重见天日。在20世纪末，“先秦最大的窑场”出土了大量的春秋战国时期的陶器，先秦时代的缚娄古国逐渐浮出了水面……

一个个静默的陶器，带着泥土的芳香，从远古走来。尽管它破裂过，裂痕布满全身，一脸沧桑，但它的沉默，隐含着神秘和诡异，你不能将它等同于一块瓦片，或者由泥烧成的物体。面对着它，你禁不住要暗自揣摸它的来历，它凹凸有致的表面，铸造的纹饰繁而不乱，细腻婉转，高贵大方。

很显然，在相当远古的一个时代，有一个个精于技艺的匠人，用石、竹片在一堆堆陶泥上，精心描述着敬畏和崇敬的心情，历经多时，陶胚大功告成，被小心翼翼地放入火窑。

古窑引领我们追寻罗浮山的历史文脉。“九秋风露古窑开，夺得千峰翠色来。”考古发现证明，在两千多年前的春秋战国时期，罗浮山下博罗建县的时候，已盛产越窑瓷了。这重大的考古发现，为全面、系统地复原广东春秋战国时期陶器等手工业生产状况及相应的社会面貌、经济形态奠定了基础。从出土的陶器可以推测，东江流域不但精于制陶制瓷，更可能是中国瓷器的发源地之一。以上这些都说明，当时岭南地区的文明程度可能已达到相当高的水平，而再次证明，南粤是“蛮夷之地”、“化外之乡”、“瘴疠之乡”的说法也可以从此改写了，即先秦广东并不是“蛮夷之地”。

青铜与金丹、木与果、瀑与水、灯与火、土与陶的交相融合而绘成的五彩罗浮山，犹如一个美丽的女人，她穿着五彩斑斓的衣裳，带着沧桑，带着微笑，带着“天人合一”和“道法自然”，从远古走来……

（原载《东江文学》2011年第2期）

神奇，仙山龙脉

写仙境，叙龙脉，是我写罗浮山文化系列的初衷。恰巧，年关岁末，有幸参加了罗浮山“龙脉仙山，罗浮传奇”葛洪道教文化论坛。那些学者、专家的精彩演讲，悄然地打动了我的心扉，我的创作欲望，随着那仙风龙气骤然升起，一种“思龙”之冲动随之在罗浮山的上空飄荡。

山不在高，有仙则灵，罗浮山的灵，在于它的仙宗神韵。正是这种浓烈的灵气，使它闻名于世。

山不在高，有龙则神，罗浮山的神，在于它的龙脉兴旺。正是这种威武的神气，使它兴旺发达。

有仙则灵，有龙则神。罗浮山正是这样一座龙脉仙山。

走进罗浮山，似脚踩祥云，步步生莲，飘然而轻盈。树木阴翳，清幽静谧。沿着山石铺砌的小径，便走进了罗浮山的神秘，同时又走进自己清澈明净的灵魂。

这是一处迷人的仙境，仙气盎然。

罗浮“仙”之神奇。清静秀气、恢宏奇丽的罗浮山孕育着神奇的传说，云封雾锁、深邃幽远的罗浮山弥漫着浓烈的“仙气”，为罗浮山的“出身”营造了高贵的仙山血统。“八仙风流游罗浮”、“安期神女醉酥醪”、“地行仙逍遥名山”、“仙姑下凡闹罗浮”等神奇传说，为素有神仙洞府之称的罗浮山抹上了一层神秘的色彩，为寻找龙脉的源头提供了证例。也许正是这扑朔迷离的传说，使罗浮山与龙结下了不解之缘。

这是一块风水宝地，龙脉旺盛。

中国人对于龙的图腾崇拜有着数千年的历史。龙历来都是为皇家所专用，被认为是神灵或者权力的象征。因此，风水术中也借用龙的名称来代表山脉的所谓“龙脉”走向、起伏、转折、变化。

龙脉是贯通龙体之血脉，是生命循环不息之象征。龙脉，在地理上指如妖娆娇翔、飘忽隘显的地脉。地脉以山川走向为标志，承载着龙的神气，故风水家称之为龙脉，即是随山川行走的气脉。

依中国地理，龙脉源于昆仑山，以东西走向的三大山系、三大水系为标志，分为北、中、南三大行龙。罗浮山为南龙一支脉，出自昆仑而东行，经巴颜喀拉山、岷山，跨衡山、南岭，越过岭南重山，历经千山万水，起伏跌宕，三沉三耸，尽于（结地）罗浮山。罗浮山山脉源远流长，厚积薄发。有诗为证："昆仑东南支，逶迤成五岭。南趋镇南海，气势尤雄猛。是为罗浮山，宜与南岳并。"

登上罗浮飞云顶，向南眺望，美景尽收眼底。蜿蜒的山脉，连接着广袤的田野，诗画形胜，浑然一体，意境深远。让人惊叹的是，罗浮山群峰秀峙，东江河与山脉逆势而来，汇于明堂之前，犹如一条飞舞的哈达，向罗浮山飘然而来，伴罗浮山欢舞于南国之地。

登上罗浮飞云顶，向东西方向眺望，龙风扑面而来。罗霄山脉和白云山脉，分别从东西两个方向蜿蜒而至，这延绵不断的山脉，飞腾翻滚，行止有致，雄伟壮观。这就是传说中的两条化形"罗山"和"浮山"的龙身，演绎着"浮山泛海自东来，嫁与罗山不用媒。合体真同夫与妇，生儿尽作小蓬莱”的美丽传说。

登上罗浮飞云顶，向北眺望，眼下群山缥缈，碧水东流，烟雾缭绕。绵亘的群峦苍翠葱郁，人如浮在滚滚绿浪之上。眼前尽是奇峰怪石，似巨龟匍匐，又似群象渡江；乍看如龙腾虎跃，细看之下，却又像一位多情玉女俏立江边，脉脉含情，凝眸不语。

龙脉不仅造气，其脉象亦可生龙，不是吗？罗浮山诸多山形水势好像一条条栩栩如生的猛龙在山水之间穿越着，构成了一幅龙图。在众多的龙中，最有名的还是横跨在罗浮山南麓山脉的黄龙山谷，俗称黄龙洞。黄龙洞位于罗浮山西南麓，玉女峰之下，三面环山，背靠大山，左边青山犹如抬头龙，右边青山犹如下山虎，山势雄伟，前面环抱的是整个珠三角大地。而黄龙观正坐落于山腰上，两山各自夹一水，尽显灵性。黄龙洞，原名为金砂洞。南汉主刘岩曾梦神人指点曰：“罗浮之西，有两峰相叠，一水对流，可以为宫。”遂派人寻访，果然找到并建起了天华宫。又梦黄龙起于宫中，故改名黄龙洞，为葛洪西庵故址。清代康熙年间，冲虚观道士张妙升到黄龙洞开创了崂山派的独立道场并取名为黄龙观。站在黄龙洞口石碑前，仰望黄龙洞，只见罗山玉女峰和杜鹃峰两瀑如两条白龙相对，腾空而下，落到洞口，合为一瀑，然后向东流去。有诗云：“峰头两道瀑布水，飞作满天风雨声。”

罗浮是龙的集结地，龙脉源于昆仑，龙体源于“罗山”和“浮山”的化身。旺盛的龙脉气血在此汇集冲天出海，一方面造就了罗浮山无与伦比的自然风光和历史文化，另一方面罗浮山集吉祥之气，左右伸延，山水相连，呈合围之势，环抱着珠江三角洲，造化着一方的风调雨顺。令人心旷神怡的青山绿水，使人陶醉的奇异颜色以及秀丽的风光景致，无不显现着自然的伟大力量和神奇。怪不得明朝的刘伯温留下名诗："真龙横卧罗浮峰，百里盆桓豪气冲。"当年刘伯温推测，罗浮山极南之地便是出海龙珠，五百年后必富甲天下。我不知道刘伯温是不是真的那样说过，但今天的香港和珠三角的确富可敌国。

从远方而来的龙脉，不因罗浮山而走失闪断，它矗立在东江中游的彼岸，为前方遮风挡雨。继而，罗浮山的龙脉又生出支脉，犹如人体的血管，它因势而起，往南伸延，历经龙华、龙溪、龙岗再沿梧桐山山脉而出。梧桐山山脉又分成三个支系：七娘山系、鸡公山系和羊台山系，至西南珠江出口处，水分三岔汇合，环抱着广州、深圳、香港等珠三角城乡，形成坐东北、向西南，"山主富贵"、"水主财"的格局。

在中国文化中，龙有着重要的地位和影响。到今天人们仍然经常以带有"龙"字的成语或典故来形容生活中的美好事物。

龙的文化在民间有深厚的积淀，有数不清的民风和习俗与龙有关。正因如此，龙的神气也就成为一个地方兴旺发达的象征。

处于山环水抱的罗浮山，以旺盛的龙气孕育着龙的文化，传承着龙的精神。龙的文化在罗浮山一直传承了几千年，并且以一种无法阻挡的气势存在。龙的影子在罗浮山地区无所不在，当你走进罗浮山，龙的气息（神气）将永远驻留在灵魂和血脉里。

在娱乐活动中，龙是个重要角色。民间一些节日，来历虽然与龙无关，但节日的庆祝非有龙不可。仅一而言，罗浮山山下元宵舞龙灯热闹非凡。清人有《龙灯斗》诗记载元宵龙灯的情况：“屈曲随人匹练斜，春灯影里动金蛇。烛龙神物传山海，浪说红云露爪牙。”

端午节赛龙舟在罗浮山可谓悠久，东江河、沙河是园州、石湾赛龙舟的好地方。每逢龙舟比赛，那场面非常壮观，可用唐人张建封的《竞渡歌》描绘那精彩的热烈：“五月五日天清明，杨花绕红啼晓莺。使君未出郡斋外，江上早闻齐和声。……鼓声三下红旗开，两龙跃出浮水来。棹影斡波飞万剑，鼓声劈浪鸣千雷。”今天的龙舟赛不仅成为节日的竞赛活动，也成为龙的传人团结一致、共同向上的一种象征。

龙的文化还渗透在其他领域。在罗浮地区，以“龙”称谓的有很多，如龙溪、龙华、龙岗、龙叫、龙头、井水龙、石龙等。

很多树木花草之名中也有龙字，如龙须藤、龙芽草、龙胆草、龙葵、龙眼树、九龙藤、九龙松、九龙柏、卧龙松、过江龙、火龙果等。

罗浮山，因仙得名，因龙旺气。道教名山、佛教重镇、儒家圣地等一顶顶桂冠纷至沓来，那与日月同辉的宗教文化、生态文化、养生文化、中草药文化、旅游文化，交相辉映，书写成绚丽多彩的罗浮山文化。罗浮山，像一颗璀璨的明珠，镶嵌在南中国的版图上。自古以来，以她那旖旎的自然风光，丰富的人文景观，厚重的历史文化积淀，吸引着无数的文人墨客、游人香客，或顶礼膜拜，或前来游览，或朝观进香……如今，站在飞云顶俯视四野，起伏连绵的山岭承载着五彩缤纷的万物，如浪涛翻滚的稻田，像大海一样辽阔，金灿灿的油菜花光彩夺目，林立的高楼大厦一望无际，错综有序的公路如银链绕峰而去……

罗浮山，山上山下，美景如画，生机勃勃。当你进入千年龙脉景色的罗浮山，就会浮想联翩，感慨万千。

走进罗浮山，便是满眼的绿色，一股股仙气扑面而来，大自然的气息使人心旷神怡，心情出奇的兴奋。

走出罗浮山，便是繁华的景致，一条条龙脉向南伸延，兴旺发达的景象让你心花怒放，脸上的笑容也格外灿烂。

这就是我喜欢常到罗浮山走一走的原因。

五色，罗浮之彩

巍巍罗浮，仙山龙脉，风物神奇。她，自然风光秀丽，人文景观丰富。神秘的传说，厚重的历史文化，为罗浮山抹上了一层华丽的色彩。然而这色彩斑斓的后面，隐藏着鲜为人知的神秘和精彩。那是一种别样的精彩，是五色之彩。

踏遍罗浮山山水水，翻开那本本尘封的史料，穿越那无垠的时空隧道，五色云、五色雀、五色泥、五色蝶、五色凤、五色露、五色果、五色米、五色竹、五色鹿、五色猪、五色蜘蛛……让人眼花缭乱。

山灵寄羽翰　五色俨衣冠

罗浮山的鸟类之多，不可数计，有在枝头对唱的红嘴相思鸟，有在崖上穿梭的白尾燕，有在高空展翅的苍鹰，还有数不完的画眉、杜鹃、黄鹂……但我没有看到五色鸟。然而，在传说中，罗浮鸟历来以色彩为最，有白鹦鹉、黑鹰、红尾、黄鹂、朱雀、青鸟、蓝凫、紫燕、金鸡、银鹊等各色羽属。最神奇的是罗浮五色雀，其红、蓝、黄、白、黑五色皆有，人称“小凤凰”，此鸟在历代志文中均有记载。清代梁佩兰有诗：“仙雀乃帝皇，宫殿罗浮山。”宋代苏轼有《五色雀》诗（苏东坡全集·卷四十三. 北京：燕山出版社，2009）：

粲粲五色羽，炎方凤之徒。
青黄缟玄服，翼卫两绂朱。
仁心知闵农，常告雨霁符。
我穷惟四壁，破屋无瞻乌。
惠然此粲者，来集竹与梧。
锵鸣如玉佩，意欲相嬉娱。
寂寞两黎生，食菜真臞儒。
小圃散春物，野桃陈雪肤。
举杯得一笑，见此红鸾雏。
高情如飞仙，未易握粟呼。
胡为去复来，眷眷岂属吾。
回翔天壤间，何必此怀都。

罗浮五色鸟有一特点：“五色雀近乎智，以贤人为贵，人亦贵之”，“有贤人入山则出见，一日数集，如数朝”。宋余靖有诗赞：“五方纯色俨衣冠，应是山灵寄羽翰。多谢相逢殊俗眼，谪官犹作贵人看。”

古人把这鸟看作是有灵性的生物，通人性且能带来好运势。对罗浮山景物如数家珍的博罗县县长徐云枢说，罗浮山上有一种五色雀，是博罗的吉祥鸟，民称“小凤凰”，它只在贵人造访时出来相迎。据传，刘伯温、苏东坡都与五色雀有过一面之识。至今，罗浮山景区还保留有凤凰台、凤凰池、凤凰谷、凤凰峰等景点。

凤凰是什么?《说文解字》说：“凤之象也，五色备举。”《广雅》一书说：“凤，鸡头蛇颈。”《山海经》说：“凤有五彩鸟之名，一曰皇鸟，一曰鸾鸟。”

凤凰就是传说中的五色鸟。“飞来五色鸟，自名为凤凰。”作为四灵之一的五色鸟，是百鸟之王，凤凰的形象类似于孔雀，但又有其他动物的特征：凤凰燕颔蛇头，鳖腹龟背，鸡喙鹤顶，鸿前鱼尾，青首骈翼，鹭足而鸳鸯腮。其色泽五彩斑斓，羽毛均成纹理。头上纹彩像德字，翼上纹彩像顺字，胸前的纹彩像仁字，背上的纹彩像义字，腹部的纹彩像信字。戴德，拥顺，背义，抱信，履仁，为五德具备之鸟。凤凰有着非常美好的寓意——幸福、吉祥、富贵、自由、勇敢等。

“凤凰不落无宝之地。”罗浮山，神奇！罗浮山，美丽！罗浮山万年苍翠，四季如春，它是百鸟天堂，是凤凰栖息之地。虽然凤凰的影子离我们远去，但这里良好的生态环境为鸟类提供了极佳的天然栖息和繁衍地，锦鸡、八哥、鹧鸪、布谷鸟、斑鸠、喜鹊、野鸭等200多种鸟类在这里。清晨薄雾中，万千灵鸟嘎嘎呼唤，翩翩起舞，凌空翱翔，野趣盎然，蔚为壮观，那真是一片和鸣谐调的天籁之声。除了观鸟、听鸟，还可欣赏绿树碧水与蓝天白鸟相映成趣的优美景致，给你一种全新感受……“人间毕竟有天堂”！

要想远离喧嚣，走进天堂，拥抱自然，亲近百鸟，净化心灵，充实生命，就到罗浮山来。它是鸟的天堂，也是你的乐园！

遗衣化蝴蝶　五色似霞鲜

五色蝴蝶是罗浮山又一特色景观。

位于罗浮山云峰岩下山谷，面积约1平方公里，中间有一道长长的石梁，把穿谷而过的一条溪水分成两条。谷内树木繁茂，浓阴翠盖。这里背风向阳，花果成列，成为蝴蝶生存繁衍的天堂。每逢春末夏初，谷地的水杨梅、五色梅、野牡丹、花灌木等各种蜜源植物分泌出的黏液，浓郁芬芳，此时蝴蝶从四面八方云集于此，求食、交尾、产卵，这些蝴蝶成串地首尾相接密密匝匝地依附在一起，从树顶一直垂至地面，像千万枝盛开的花朵，五彩缤纷，挂满了谷内所有的树枝，犹如花的海洋。后来这种景观被人们形象地称为“蝴蝶盛会”。如果受到游人的干扰，便像炸开了锅般漫天飞舞，几秒钟后又聚集在一起。蝴蝶在舞动翅膀时，蝶翼上的鳞片经由阳光折射，因为角度的不同，呈现的颜色也有所不同，或淡紫、或艳紫、或亮蓝。

蝴蝶洞，位于罗浮山峰岩下狮子山半山腰，为罗浮山十八洞天之一。洞内宽高有两米左右，曲曲折折，野藤缠蔓，洞外树木葱茏，花草飘香 。昔日有大蝴蝶，两翼如扇，纹彩绚丽，花纹各别，又名“小凤凰”，相传是麻姑遗衣所化。有诗云："罗浮蝴蝶翼如箕，彩云晴日向天飞。锦光金色相离披，盛世文章仙人姿。蝴蝶双飞如凤凰，仙人骑入道士房。房中诞育凤凰子，四百山头山气紫。"

又传葛洪夫妻在罗浮山同服自炼九转金丹，双双羽化成仙。罗浮百姓前来送行，只见葛洪遗留下的道袍顿时化为碎片，变成数不清的彩蝶盘旋起舞，后聚于此云峰山岩，成为蝴蝶洞。后来此洞便常常飞出五彩大蝴蝶，于是人们叫它蝴蝶洞。虽是神话，倒也有趣。清代史学家屈大均《广东新语》一书曾对此传说作了简洁的记述："罗浮大蝴蝶者，葛稚川之遗衣也。衣化为蝶，蝶复化为衣。"而清代《古今图书集成》一书也记载道："罗浮山有蝴蝶洞，在云峰岩下，四时出彩蝶，世传葛仙所化。"清代光绪年间吏部主事、惠州人江逢辰亦有《题葛仙衣冠冢》诗：

何处葬神仙？朱明洞里边。
遗衣化蝴蝶，五色似霞鲜。

传说，大蝴蝶结茧树叶间，茧中的蛹大如雀蛋，每到冬天，山中人采茧，或以赠客，或以易物。屈大均云："罗浮人喜以蝴蝶茧饷客，予入山，必盈袖以归。"亦有《蝴蝶茧歌》云："罗浮蝴蝶有洞穴，天蛾吐丝白如雪。千丝万丝作一茧，仙胎只为凤车结。终日缠绵如有情，变化一一通神明。茧中久蛰经霜雪，雌雄之雷不能惊。枝间厚裹乌桕叶，山人采得盈筐箧。四百峰边大小村，

家家皆有大蝴蝶。”

相传，大蝴蝶母子之爱、雌雄之情极深。每年早春二月，在梧桐柳树之间，一些大蝴蝶在树枝上作茧，不食不动，抱伏缠绵。七日后茧破蝶出，大蝴蝶挟之而去，雌雄形影不离，其厚爱直至化去。

蝴蝶，是罗浮山昆虫中的主角，它们携手飞翔在爱的征途上，无怨无悔。从“梁祝化蝶”的传说，到大理蝴蝶泉畔“阿龙阿花春水驻”的传奇，再到葛洪鲍姑的“遗衣化蝴蝶，五色似霞鲜”，这是爱的宿命还是蝶的宿命呢？你可知道，那些飞上飞下的蝶，曾经见证过罗浮山多少悲欢离合？这些经历重重磨难的蝴蝶，穿过生命的轮回，飞过流年，飞过沧海，回归故土，留给我们坚强的美丽。

一丸丹既就　五色土犹灵

朱明洞，左倚虾蟆玉女诸峰，临以飞云之顶，右挹麻姑峰，诸秀掩映，流水潺潺，绕洞前以出。此天然古洞，为朱真人所治。在道教上“于卦为离”，称第七大洞天。洞谷幽深，洞内有洞，天外有天，洞天相接，异彩纷呈；怪石遍地，林木参天，环境清雅，山色奇绝。罗浮山之精华，都集于此，置身其间，有身居世外桃源之感。朱明洞南冲虚观侧，是葛洪炼丹的地方，在这静谧的地方，却有一些鲜为人知的“五色土”传说。据《罗浮山志》载，灶旁曾悬古剑、古镜等物，地上留有五色土，有炼丹残余物质遗留。

有关罗浮山葛洪丹灶一带所谓“五色土”的传说，

至少可以追溯到宋人王献臣《澄虚阁》，诗云："此地流仙灶，仙人去何早？一粒药粗成，空山绝灵草。灶傍五色土，令人百病好，况复饵丹人，朱颜几时老。"（《罗浮山志汇编》卷十五《艺文志》）"五色土"就是传说中的"丹灶泥"。明清时期相对丰富的资料反映了葛洪炼丹和"丹灶泥"传说在粤东民间社会中的广泛影响。明代陈梿《罗浮志》卷三介绍罗浮山炼丹处的"丹灶泥"曰："摄土为丸，可以疗病。"

明代王临亨《粤剑篇》卷一曰："丹灶丸，葛稚川丹灶中土也。相传稚川炼丹时，火盛，丹压灶中。今人取其土为丸，可以疗疾。"

郭之美《罗浮山记》称："相传稚川炼丹灶傍土五色而有光，或取之丸如豆，沉之水，辄生泡，倾之白气如炼出水中。"

最有代表性的是清代屈大均的记载，其文曰："冲虚观后有葛稚川丹灶，夜辄有光，见于龙虎峰上，或以为霞光，非也。取灶中土以药槽之水洗之，丸小粒，投于水中，辄有白气数缕，冲射四旁，生泡不已。咳咳有声，顷之一分为二，二分为四，四分为八，然后融化。服之可疗腹疾。道士号为丹渣，尝以饷客。灶高五尺，周六丈，旁有八卦石一方，盖昔时镇炉之用者。"并引用明代黄泰泉即黄佐曰："四山皆有稚川坛址，而丹灶当罗浮山中脉，可谓解道之妙徼。"

从这些记载和传说中，我们是否可以假定：葛洪炼丹之材料就是可以治病的"五色土"。

今天的罗浮山冲虚观旁仍有乾隆二十四年，广东提学吴鸿题字的“稚川丹灶”，然只是纪念性建筑。“稚川丹灶”是道教学者、炼丹家、医学家葛洪炼丹的工具。据传，炉体由炉座、炉身、炉鼎三部分组成，高3.54米，四边形底座，边长2.25米。丹灶的周围，按五行学说，东西南北中，分别填上青黄赤白黑的五色土。炼丹灶是用二十四条青麻石砌成，呈八角形基座，按方位，分别雕刻乾、坤、震、巽、坎、离、艮、兑的易经阴阳八卦图形，以及各种灵禽异兽、奇花异草的图案。四角的石柱上还有栩栩如生的云龙浮雕。顶端为道家八仙之一铁拐李的葫芦之形。据传，葫芦中间，还有一条可转动的柄，顶盖做成十分别致的荷叶形。这样的炼丹灶，就当时的工艺水平而言，已是最先进的了。相传葛洪炼丹时，“先斋戒百日，沐浴五香，至加清洁，勿近污秽及与俗人来往；又不令不信道者知之，毁谤神药，药不成矣！”（《抱朴子内篇·金丹》）还要安心守护，致祈祷之词，经过七七四十九天方能炼出九转金丹。

灶台依旧，石壁上风雨侵蚀的斑痕，不禁让人遥想当年氤氲升腾景象，犹如仙女的霞衣挂在上面。松风如涛，好似琴鸣。“丹灶三年火，苍崖万岁藤。”就在这里，葛洪带着他那仙丹炼成灿烂如黄金的梦想，燃起了烧金的紫烟，练就了“守丹灶而不顾，炼金鼎而方坚”的意志和毅力，但也多少让身后含愁眉黛绿的罗浮仙子，发出了“殷勤不为学烧金，道侣惟应识此心”的怨叹。

云来万里动　云去天一色

五色云，又是罗浮山的一大奇观。

据传唐朝天宝九年（750），冲虚观的道士办斋会，忽然看见有五色彩云起于狮子峰麻姑台，其中何仙姑腾云驾雾，在缥缈云端向道士挥手，所以狮子峰历来被视为神仙的云游之地。峰顶有座玲珑别致的亭子叫旷心亭，是观山看云的极佳地方。极目远眺，远处的骆驼峰、玉女峰等景观尽收眼底。这里还是饱览冲虚观仙境的理想之地，也难怪在此登亭眺望的人有“鸢飞戾天者望峰息心，经纶世务者窥谷忘返”的感慨。

罗浮山上无论天气阴晴都有各种各样的飞云，常出现的莲花云、墨云、彤云、流云、象形云，五色纷呈，美不胜收。最值得回味的是辛丑十月初八黄龙观重建开光之日，当天下午二时三分，参与者都亲眼目睹了南面白云恍若双龙腾飞、游弋太苍，虽是云气所致，但如此巧合，实在令人难以置信。

《广东新语》中《山志》云：“山高绝处，匪惟人迹不到，即日月亦不曜。烟雾霏霏，四时若雨，故顶以飞云名。”

飞云顶，顶部平坦，花草并茂，云雾缭绕，气象变化万千。据《罗浮山志》记载：“晨起烟云在山下，众山露山尖，如在大海中，云气往来，山若移动，天下奇观也。”“云来万里动，云去天一色”，是古人对飞云顶的描述。

但凡高山，都可以见到云海，而罗浮山的云海更有其特色。罗浮山的云海，则要待雨过天晴时才壮美。每逢大雨过后，水汽升腾或雨后雾气未消，就会形成云海，波澜壮阔，一望无边。罗浮山大小诸峰、千沟万壑都淹

没在云涛雪浪里，尖的峰顶也就成为浩瀚云海中的孤岛。山浮云海，云绕峰峦；大小诸峰，犹如茫茫大海寂寞荒岛中的片片远帆。远望云海茫茫，翻腾不息，好不气派。流云散落在诸峰之间，云来雾去，变化莫测。风平浪静时，云海万顷，波平如镜，映出山影如画。远处天高海阔，峰头似扁舟轻摇，近处仿佛触手可及，不禁想掬起一捧云来感受它的温柔质感。忽而，风起云涌，波涛滚滚，奔涌如潮，浩浩荡荡，更有飞流直泻，白浪排空，惊涛拍岸，似千军万马席卷群峰。待到微风轻拂，四方云漫，涓涓细流，从群峰之间穿隙而过。云海渐散，清淡处，一线阳光洒金绘彩，浓重处，升腾跌宕稍纵即逝。云海日出，日落云海，万道霞光，绚丽缤纷。

我爱大自然，喜欢远足郊野，尤其钟情罗浮山。在山上，远离都市烦嚣与嘈杂，呼吸着山林散发的甜美清新空气，观赏着五色斑斓的蝴蝶、奇花异草、葱葱林木、怪石奇峰、涌泉飞瀑，聆听着百鸟悦耳的歌声和山溪潺潺的流水声，这是一种多么赏心悦目的享受啊！

飘香，罗浮桂花

桂花，是人们珍爱的庭院花木，也是近代园林绿化常见的名贵树木。

桂花，实属百花中的上乘，诸木极品。凡目睹过“千桂竞放，十里飘香”美景的人，都不能忘记那姿容、那香气、那花色。

“不是人间种，疑从月中来。广寒香一点，吹得满山开。”桂花在中国的历史上虽难以考证，但文献中有关桂花的记载在春秋战国时期就有了。《山海经·南山经》中提到“招摇之山多桂”；《山海经·西山经》中提到“皋

涂之山，其山多桂木”；楚国屈原《九歌》中载有：“援北斗兮酌桂浆，辛夷车兮结桂旗。”这些记载当包括桂花在内。当时桂花也被誉为美的化身，《吕氏春秋》赞称：“物之美者，招摇之桂。”意指世界上最美好的东西，是招摇山上的桂树。

桂花与园林结缘则是在西汉时期。《西京杂记》载：“汉武帝初修上林苑，群臣所献奇花异木两千余种，其中有陶桂十株。”《三铺黄图》载，汉元鼎六年（111），汉武帝破南越后，在上林苑中兴建扶荔宫，广植奇花异木，其中有桂一百株。在当时栽种的植物，如甘蔗、龙眼、荔枝、柑橘等，大多枯死，而桂花有幸活下来。《三铺黄图》还载甘泉以南的昆明池，池中有灵波殿，以桂为柱，风来自香。司马迁《上林赋》中也有“桂菱木兰”的记载。由此可见，从西汉时期桂花就被引种在帝王宫苑。魏晋时成为园林造景的材料，唐宋时期广泛用于造园，明清时期成为私家园林的主要花木，达到了“无园不桂”的程度。至近现代，桂花的数量和质量更是成为园林档次的标准之一。

我对桂花的印象，来自于小时候的那首歌：“八月桂花遍地香，鲜红的旗帜树起来……”桂花的革命象征和寓意，在我幼小的心灵扎下了根。每当桂花飘香的季节，就会使我想起了电影镜头中的所展现的、读物中所描写的那些洒热血、抛头颅的革命英雄形象，是他们牺牲了自己，换得了今天的和平。是他们受尽了苦难，创造了今天的幸福生活。是他们以自己的肉血，酿造了今天的甜蜜。

直到我长大参加工作后，特别是这几年，有机会参加罗浮山文化的研究，才有缘见得桂花真面目。

桂花，在罗浮山无处不有。此话可能有点夸张，但罗浮山的桂花，无论在山上，或在溪旁路边，无论在寺庙观殿，或在庭院花园，都可以看见叶子翠绿，树影婆娑，像蘑菇如雨伞大小的桂花树。罗浮人爱桂花，是因为桂花不但香得出众，而且桂花的寓意非常好。“桂”与“贵”同音，种植桂花，寄托吉祥如意、兴旺发达的愿望。秀才金榜题名又称“折桂”；壮士凯旋要授予桂枝，戴上“桂冠”；青年男女谈情说爱，折桂相送，表示爱慕日深，永结友好。

自古以来，罗浮山人谈到桂花，常把桂花树和月亮联系在一起，流传着不少令人向往的神话传说。特别是“吴刚与桂花树”的故事，更是深入人心。传说是这样的：月亮上有棵桂树，树高五百丈。汉朝吴刚，初学仙时，不遵道规，被处罚到月亮上面砍桂树。但此桂花树越砍越长。千百年过去了，吴刚砍树不止，而那棵神奇的桂花树却依然如故，生机勃勃。每临中秋，馨香四溢，只有这一天，吴刚才在树下稍作休息，与人间共度团圆佳节。所谓“月中有丹桂，自古发天香”就是指这棵树。这个传说赋予了桂花树以神奇色彩，也反映了千百年来人们对桂花的无比喜爱。

中国古代有崇尚黄色的传统，宗教仪式里也必不可少，并以黄色为尊色，还因为金黄色以其亮度和不透明的特点，显示出物质的最高纯度，比之为太阳和光明、神圣之光。所以，黄色的桂花最能代表这一寓意。千百年来，桂花以其清新淡雅的特质，走进了罗浮山的寺庙道观。

又是中秋，细雨靡靡，罗浮山的桂花，竞相怒放，我急急地去赏桂。刚刚进罗浮山朱明洞景区的大门，袭人的花香扑鼻而来。这是一种沁人心脾的香气，香中带着清清的甜意，香得清醇绝尘、浓郁脱俗，香得典雅飘逸、令人心驰神往。这种香是任何花香都无法比拟的，值得珍藏记忆，值得久久回味。它熏香了靡靡细雨，浸透了赏桂人的心，也浸透了古今咏桂的诗文佳句。“清香不与群芳并，仙种原从月中来”，“ 桂子月中落，天香云外飘”，难怪倾倒了那么多的文人墨客，到底不负“天香” 的声誉。

我迈着轻松的步伐，沿着莲湖边的景观路走去，观赏着美丽的湖光山色。清清湖水，端庄秀美的桂花树，在参天大树和水岸杨柳的掩映下，显得尤为神秘惊绝。那株株盛开的桂花，馨香满山。黄色的金桂、乳白色的银桂、橙色的丹桂、淡黄色的四季桂，争奇斗艳。在观寺前后，在溪边路旁，桂树成阴，青翠欲滴的绿叶间，依稀露出一簇簇黄色的小花，犹如冠盖上缀满了无数金星。微风吹来，桂雨纷纷，真是“叶密千层绿，花开万点黄。天香生净想，云影护仙妆”，佩服古人的诗句，寥寥数句，神韵俱出。

幽幽飘香的桂花，浓而不腻，浓而不俗，让人神清气爽。“独占三秋压众芳，何夸橘绿与橙黄”，在流动的桂香里，我情不自禁地喊出：“真香呀！”春去春来，它演绎着一幅幅变而不化的图画，叶子由嫩绿变青绿，由青绿变墨绿再回嫩绿。

走进冲虚观，一阵阵桂香扑鼻而来。有两株明代种植的丹桂树，这两株桂花对植而形成“双桂当庭”、“双桂流芳”。树身粗壮苍劲，树枝纵横有序，盘绕交错，树叶密密层层，蓊蓊郁郁，像一把把遮阳的大伞，成了道观里一道亮丽的风景。它们更像饱经沧桑的老人，静静地站在那里，注视着远方来的香客。

桂树枝叶上的米黄色，白里透着黄儿，吐出花香，悠悠的，淡淡的，沁人心脾。我驻足观望，深深地吸上一口，久久不愿离去。望着这黄灿灿的一树繁花，在澄净的秋阳里簇拥着；闻着这随风飘来的丝丝缕缕的幽香，不觉心旷神怡、神清气爽。

院子里的地面上零落着不多不少的桂花，我第一次见到如此景致，不禁惊奇万分！这些不经意飘落下来的花儿，还散发着淡淡的香气。待在树下，不一会儿，我的头发上、衣服上也落满了这小小的黄花儿；望着纷纷飘落下来的黄花，我不由得怜惜起来，忽想起林黛玉《葬花词》：“花谢花飞花满天，红消香断有谁怜？”凋谢飘落，虽然有点凄凉，可是，经工作人员介绍后，我感到欣慰，甚至惊喜，因为桂花的花开花落，还要延迟一段时间。空气里弥漫着氤氲的花香，我怅惘失落的心情又得到些许慰藉和满足。一年四季，岁岁年年，这两棵古老的桂花树始终不改它的初衷和追求：春天，它们悄悄换装，俏也不争春；夏天，它们郁郁葱葱，招来阵阵凉爽；秋天，它们吐蕊扬花，送来缕缕馨香；冬天，它们绿叶扶疏，不畏严寒。

在自然界百花丛中，虽然桂花不像兰花那么高洁、独秀，不像桃花那样艳丽、烂漫，也不像牡丹那样雍容华贵、腊梅那样孤高自傲，它是平民化的，是可亲、可爱、可敬的，幽幽清香，就像慈祥母亲的叮咛，入耳入心。古往今来，不知有多少文人赞叹过它。唐代大诗人白居易有“山寺月中寻桂子，郡亭枕上看潮头”；李商隐有“昨夜西池凉露满，桂花吹断月中香”；李贺有“联翩桂花坠秋月，孤鸾惊啼商丝发”；宋之问有“桂子月中落，天香云外飘”；李峤有“枝生无限月，花满自然秋”；杨万里有“不是人间种，疑从月里来”；沈周有“清香不与群芳并，仙种原从月中来”；朱元璋也有“月宫移向日宫栽，引得轻红入面来。好向烟霞承雨露，丹心一点为君开”。诗人把月和桂的形态、神态和情绪刻画得活灵活现，默诵这些诗句，好像身临其境，忘却了外面的喧嚣世界。在众多的花香中，桂花的香气最为人们喜爱。因为一般的花香，其香或清或浓，而桂花为“浓、清、久、远”俱全，清可涤尘，浓能透远，香气中带有一丝甜意，令人久闻不厌，当推之为花之上品。历代咏桂诗中，以宋代洪适的诗对桂花的评价为最高：“谁定花王定等差，清芬端合佩金犀……只道幽香闻数里，绝知芳誉斗千乡。”

桂花除用作观赏以外，还可用来窨制花茶。茶叶用鲜桂花窨制后，既不失茶的原味，又带浓郁桂花香气，饮后有通气和胃的作用，很适合胃功能较弱的老年人饮用。“问讯吴刚何所有，吴刚捧出桂花酒”，想必桂花酒是能消愁解闷的。此情此景，使我陷入沉思：桂花的细小身躯，孕育着那么浓郁的奇香，蕴涵着一个伟大的灵魂。等到聚集全力、毫无保留地作出贡献，就心满意足地安居叶下。“小小花蕾叶下藏，无意招引蜂蝶忙”，这种心境，是自然的造化，亦是桂花特具的品格。

微风吹来，千株婆娑，花香阵阵。走出冲虚观，只见朱明洞景区，绿树环绕；山水园中，莲湖映碧……刹那间，油然记得《长相思》一首：“玉泉香，满垅香，两地桂花竞芬芳，谁与论短长？银桂新，金桂珠胎始育成，天教醉生民。”

夕阳，罗浮更美

从飞云顶下来，绕过骆驼峰，再乘八月黄昏的凉风，登上狮子峰，无意伫立在狮子峰上。回首西望，渐落的太阳一点一点地被暮色所盖，壮丽的夕阳，瞬间把天空染红，好一派“苍山如海，残阳泣血”的壮美，像一幅温暖又沧桑的画卷。霎时，怀着满腔的柔情，静静地欣赏这美丽的风景。

狮子峰，四周苍茫而宁静。群山载着林木逶迤而去，连着那无边的天际，好像经过一天的繁忙热闹之后终归沉寂。无风无雨，不语不动，让人强烈地感受那种

大音稀声、大象无形的肃穆。在群山青黛的背景上，唯有落日依然美丽。不同的是，它没有了刺眼的光芒，在浩渺的云海中，袒露出心胸的光明磊落，庄严深处的炽热，又是那么的亲近和温馨，含蓄地微笑着告别曾经的红火，缓缓地向下沉去。环绕它陪伴它的，是布满天空的云霞，与彩云尽情地幻化着七彩光谱，变幻出千种奇巧万般绚烂的奇景，一会儿如飞禽走兽，一会儿如翻卷的波涛，一会儿又如朵朵棉絮。如一位艺高胆大的美术师，拿天宇作舞台，如意地发挥着自己最富有创造力的想象。

骆驼峰是罗浮山南端的一个山头，它与狮子山对峙，遥相呼应，因山顶上的山崖突兀的部分形似骆驼的身躯而得名。那边骆驼峰，和我脚下的“狮子”分别蹲伏在两山的山巅，犹如两位大将军守护着罗浮山。

骆驼峰，气宇轩昂，山巅的骆驼形象逼真，山顶的奇石昂首挺胸，双峰挺起，酷似一匹高大威武、神形兼备的骆驼，晚霞映耀山石，色彩斑斓，颇为壮观，夕阳西照，苍翠的山峦披红戴紫，光芒闪烁，使人心旷神怡。

南望东江如银练，横卧在县境南部，风帆上下，来往不绝，景色宜人。东望县城，影影绰绰，依稀可见。

向北展望，蛤蟆峰气势非凡，一片片森林像一块块绿色的地毯，蜿蜒九曲，一直向飞云顶伸延。如今，晚霞浑浊，遮去了罗浮的奇观，也阻隔了人们热烈而单纯的心，留下这荒凉千秋的古亭独向黄昏，与穿过重霭中美丽的晚霞相厮守。

脚下，朱明洞，诸秀掩映，流水潺潺，此天然古洞，谷幽涧深，洞中有洞，天外有天，洞天相连，异彩纷呈，怪石遍地，林木参天，环境至幽，山色优美。罗浮山之精华，都集于此。瑰丽晚霞走进朱明洞，朱明洞立即蓬荜生辉，充满诱惑、布满玄机。置身其间，这原生态的清静，有身居世外桃源之感。此时此景，唯有清雅悠长的古筝名曲《渔舟唱晚》能与其相配：

落日迎来了归航的渔船，欣慰地将自己半个脸沉入水下，双眼露在外面，观看、分享着人们的欢乐……

渔船近了，看那船帆鼓着风神气勃勃地向岸边挺进，欢快的水鸟在众多的船帆之间上下飞舞……

落日眯缝着双眼恋恋不舍地、微笑着沉入水中，金色的余晖仍然留在人间，那是明天、明年希望的光辉……

听，晚风送来了船上渔民欢庆丰收的歌声，岸边的人们心潮激荡，和着船上的渔民唱起了丰收渔歌……

微风吹来，叶子抖动，片片黄叶在霞光余晖中摇曳，静谧中听来格外清晰动人。

冥冥之中有一种昭示直击我的心：当一个有机体开始生长之时，走向死亡实际也已经开始了。这是不可避免的，正像爬上顶峰再往前走就是下坡一样。世上没有永远处于顶峰的事物，新生、成长、死亡，都是生命过程中的一个环节，反而生是开始也是归宿，须紧紧地走好过程的每一步，直至有声有色地死去。

晚霞布满了整个天空，给蓝天抹上了一层胭脂。晚霞的确很美，它收敛了白天刺眼的光芒，褪去了正午炙人的灼热，静谧中，显出一份如水的柔美。夕阳由金变红，由浅红到深红，最后变成一个通身血色的球体，在天地相接处那条霞光凝成的金线上跳跃。

它莫不是《易经》两仪四象的少阳。

它莫不是宇宙那颗鲜活硕大的心。

它莫不是葛洪“稚川丹灶”的火焰。

它莫不是东江游击队烈士们的鲜血。

我凝视着，伸出双手去接、去捧、去拥抱。而它如同就义的英雄义无反顾，终于訇然坠落山坳那边。此时，溅血成霞，地心火似的使西边的天空骤然升腾起片片扇状红云……又如一位羞涩的少女，红着脸，缓缓地走进了云里。突然，一道道霞光从天际喷射而出，天边的缕缕流云刹那间被染成绚丽的晚霞，在天边铺开一幅五彩缤纷的锦缎：深红、金红、艳红、火红、淡红……仿佛被打翻的颜料罐，在天幕上尽情挥洒，使人禁不住暗自赞叹。

这是一幅多么迷人的黄昏剪影，这才是真正的浪漫和热烈啊！几度夕阳，为大山披上了一袭色彩斑斓的华衣。一缕缕晚霞，朦胧了山，也朦胧了水，山水之间，透着深深浅浅的氤氲。

夕阳，渐渐地沉了下去，我的心依旧徘徊在这淡淡的霞光里。

终于，夜幕降临了，苍茫寂寥。路旁的青松翠竹，随清风摇曳，寺庙道观木鱼声、诵经声萦绕在群山的怀抱中，那鸟儿也停止了欢唱，可以听到的只是风的声音，内心渴望就这么一直静下去，没有尘世的喧嚣，这是何等的悠然自得。

“日落西山红霞飞，战士打靶把营归……”山下，嘹亮的歌声催“醒”了我。在晚霞的“护送”下，我披着湿润的外衣，拖着疲惫的身躯，走下了山。

华灯初上，罗浮山下热闹如故。路灯下川流不息的车流，尾巴吐着长长的白气，从我身边缓缓驶过；骑摩托车的人，戴着各种颜色的头盔，喇叭呼响着向家驶去；还有骑电动车的、自行车的，利用发动机和人力的潜能，努力着早一点投入家的港湾；更有和我一样的行人，有老的，有少的，有男的，有女的，都在急匆匆往心中的地方赶去。公路、街道两边，一个接一个的店铺和农家乐生意正旺，让这冰冷的夜多了几分生机。放眼朝前看，罗浮大道两旁的路灯长长地伸向前方，此路，此景，倒也是罗浮夕阳后最独特的风景！

夕阳，是多么美丽，多么美好，又多么感伤，多么遗憾。它温暖、安详，却又带着深切的惆怅、无奈，甚至是伤感。它在暮色下，放出最后一道耀眼的光芒。对此，李商隐发出了“夕阳无限好，只是近黄昏”的感叹。然而，朱自清却将这两句诗反其意而用之，曰：“但得夕阳无限好，何须惆怅近黄昏。”这诗句，一扫李商隐那种哀伤的情绪，代之以激昂向上、乐观洒脱的基调，尽显现代大家之风范，表现了朱自清虽人处晚年，但心却不老的精神风貌，让我们看到了一种积极向上、乐观豁达的人生态度。

夕阳，彰显的是人生的壮丽，于悄悄中演绎出生活的凄美。一道就是一首诗，一抹就是一幅画。当夕阳绽放它特有的瑰丽，会比朝霞更加璀璨；当落日喷薄她最后的余晖，会比黎明更具诗意。因此，它备受文人骚客青睐。

“青山依旧在，几度夕阳红”，见证了历史的沧桑。这样的吟唱，伴随我们寻寻觅觅的脚步，走过了千山和万水，看清了世间的冷暖，开始执著地相信：青山终不老，夕阳亦有情。

“关河冷落，残照当楼”，渲染了破亡的萧瑟。这荡气回肠的诗句，成为“不减唐人高处”的绝唱，其精彩之处不在于“残照”而在“当楼”。尽管是夕阳落叶，寒蝉悲秋，只要把握生命的主色调，在落魄中抗争，在坎坷中追求，无限风光将属于乐观者。

“莫道桑榆晚，为霞尚满天”，激发了壮士的雄心。不要说日到桑榆已是晚景了，晚霞还可以照得满天彤红、灿烂无比呢！这里诗人用一个令人神往的深情比喻，寄托了一种豁达乐观、积极进取的人生态度。当生命之花灿烂之时，岁月酿出了芬芳的醇酒，抛开沉郁的愁绪，去细细品尝人生的真谛。

“但得夕阳无限好，何须惆怅近黄昏”，表达了人生的从容。走进黄昏，是一种享受，一种微醺暖暖的感觉。在这样的一个黄昏，漫步于道途小径时，奇妙无比，其乐无穷。看看落日映红的花儿，再看看落日倒影映入碧波涟漪的湖泊，柔柔情思，流淌心怀。“最美不过夕阳红，温馨又从容，夕阳是晚开的花，夕阳是陈年的酒……”夕阳之景，因人因地因心境的不同而千差万别。但无论何人，面对夕阳，心中总会浮起氤氲的情感，使那份不安的躁动终成安静的心境。

“日出江花红胜火，春来江水绿如蓝”，展示了生活的多彩。日出，能让人感受到庄严与辉煌；日落，能让人享受温馨的情感。人们激奋于冉冉初升的太阳，苦苦等待那喷薄而出的壮观。可我想，日出与勃勃的生机象征着向上的朝气、无量的前程，固然美妙，而夕阳西下之时深沉、浩瀚、含蓄、奉献的平静，更显温馨。因此，我倒觉得日落有一种充实姿态，对着这天边的那片晚霞，会为自己一生的忙碌而自慰。那不是“夕阳无限好，黄昏更美丽”！

日出日落，四象更新，日出为少阳，当午曰老阳，日落当少阳，午夜皆老阳。人生如此，有天真烂漫的童年，有风华正茂的青年，有成熟稳重的壮年，有闲庭信步的暮年。一年走过春夏秋冬，一天度过两仪四象，晨有清逸，暮有闲悠，一生有何所求？是夜求一宿，日求两餐，还是生命不息战斗不止，仁者见仁，智者见智吧。

何须感慨，何须叹息，生老病死，春夏秋冬，岁月荣枯这些都是生命自然的轨迹，人生在不同的阶段都会有其独有的魅力，只要我们用心地过我们的每一天，又何须惋惜遗憾呢？在什么样的阶段做什么样的事，这就是生命所给予每个人的馈赠。“少年不识愁滋味，为赋新词强说愁。而今识尽愁滋味，却道天凉好个秋！”这种不符合生命轨迹的事，最后只会得到东施效颦的效果。不如顺应天命，每天做自己力所能及的事情，做自己应该做的事，即使处于晚年，我们也有我们应该要做的事，做一个慈祥的长辈，做一个睿智的老人，不给人生留下任何遗憾，最后如落叶般静静地离去……

萧森，仙踪神韵

自古以来罗浮山与宗教就有着密切的联系，被认为是岭南道教的祖庭、佛教圣地。萧森万木、奇花异草的寺观园林则是这一历史的见证。

园林，是指大自然中的各种花草树木及其山水、建筑所组成的一种艺术品，是通过人为的造园而成的，从景观结构分析，其中最基本的内容是园中之林，即园中立地花木。寺观园林是中国古典园林的一个重要组成部分，在园林发展史中起到了不可替代的作用。寺观园林对于罗浮山人文景观的重要性也同样无可替代。寺观园

林给予罗浮山更多的文化历史内涵，而罗浮山则给予观寺园林独特的地理位置和园林景观。作为我国古老的道教，在魏晋南北朝时期，由于文人、士大夫不满朝廷腐败和受老庄思想的影响，大多崇尚玄谈，寄情山水，并以隐居僻野为高尚风雅。有的虽身居庙堂，却以大自然作为世外桃源而逸情遁世。特别是道教盛期，道士们选择幽静、山水秀丽的地方建宫观，隐居修炼。在出现宫观的地方，随之产生了道观园林。道教的天人合一观、物我双修观，佛教的因果观、虚无观，儒教的忠孝、仁义、礼智、信廉、诚勇等道德观，无不体现于萧森万木、奇花异草的园林建造中。

古人认为秀丽的山川是神仙居住的地方，故而道观佛寺通常选择地理环境优美之地。以“雄、奇、险、秀、幽、旷”著称的罗浮山显然是僧人道士首选的地方。他们在这里修身养性，建筑寺观，道法自然。于是，座座寺观矗立在山中，片片园林点缀着寺观，沧海桑田，与日月同辉，与山水同在。

罗浮山宗教园林的内容非常丰富，山水石池，亭台楼阁，奇花异草，曲径、雕塑，莫不具备。从现有的寺庙道观来看，其表现的重点不同，各有千秋。或依托于罗浮山的山林环境，或创造自己的庭院意境，或以人造景观为主，突出表现建筑的风格，或以特殊的植物情趣（如盆景艺术）取胜，或赏雅石，或精雕神像……各有其独到之处。走进罗浮山，你可以欣赏到：

冲虚观，古树垂萝，古榕覆盖，兰桂飘香，志莲净苑。

黄龙观，气势恢宏，庄严肃穆，高雅自然，园林精华。

九天观，古木景观，馆于五行，太极流芳，道合自然。

酥醪观，空谷环抱，山林意趣，世外桃源，静修胜境。

华首台，古朴清幽，罗汉涅槃，地藏神灵，栩栩如生。

南楼寺，幽谷清凉，林泉溪石，林茂菊秀，含笑花香。

……

这清雅幽深，萧森万木，静静地流淌着仙宗神韵……

罗浮山寺观的园林，不仅拥有奇特绚丽的自然景观，而且拥有丰富多彩的人文景观，更为僧人道士提供了接近自然、返璞归真和静心修炼的环境，也成为信徒、游人参观游览的胜地。同时，寺观文化体现了“三教同源”的思想，以各种方式来表现儒家“仁爱”的精神、道教“道”的心性和佛教“善”的根德。

罗浮山借寺观园林及其自然风光组成的景观，春天百花争艳，夏天浓绿成荫，秋天碧空薄云，冬天寒冷挂冰。这一仙人居住游憩的圣地，以花木为仙人，大山为神，为大地壮色，树借山势，山壮树威。这是一种“互衬”，通过这种“互衬”手法不仅增添了寺观的神奇色彩，而且寓含了更加丰富的哲理：

一喻超脱尘俗。荷花（亦称莲花），是宗教崇拜的自然物，它不仅是佛教的象征，而且与道教也有关系。传说，道教的祖师爷老子一出世就能走路，一步生一朵莲花，共有九朵。为道教所奉祀的八仙是铁拐李、汉钟离、张果老、何仙姑、蓝采和、吕洞宾、韩湘子、曹国舅，这八位仙人手中都持有一件宝物，其中何仙姑所持宝物就是荷花。虽然道教没有将莲花作为自身的象征，但道人很喜欢莲花。罗浮山多个道观前面的放生池都种有荷花，冲虚观前的放生池因莲而得名“莲湖”。“洗药池”中的一池荷香与池旁巨石上“仙人洗药池，时闻药香发。洗药仙人去不返，古池冷浸梅花月”的题诗相得益彰，这清香，这怀旧，留住了仙人的身影。还有那龙华的“陈孝女祠”，给后人留下陈孝女用莲藕救父“孝感动天”的传说。

二喻青春常在。古老的松柏一般为道观仙境的重要标志，松柏树形高大，气魄雄伟，既是中华民族的象征，也是道士们健康长寿的象征。在罗浮山所有道观，均有古松参天，阴翳蓊郁。在九天观放生池中，有七棵质朴苍劲的古树，岁月沧桑但依然翠枝绿叶，生机勃勃，这就是九天观的“镇观之宝”水萝松。旧志称：“基其古，殆千百年物。”现存的六棵水萝松，气势古朴，枝条交错，宛如并肩挽手之六君子。

史料《浮山志》上有一段文字记述：“罗浮山皆山松，惟酥醪观前大池左右有水松二株，高十余丈，繁枝密叶，苍翠下若幡幢然，柯善智师手植。”柯善智师，即酥醪观道长，于清代雍正五年（1727），在酥醪观门前亲手栽植了这两棵水松树。据报道，右侧的那一棵水松

收藏在东莞市的广东观音山国家森林古树博物馆。另一棵水松树，据当地的老百姓说，很久前已枯死，被用作柴火。对此，一些学者文人都难免有一点儿伤感。

松树是罗浮山之神。罗浮山四百三十二峰，峰峰有劲松；罗浮山九观十八寺二十二庵，观观有青松，寺寺有松柏，庵庵有松林。棵棵松树如支支神奇的彩笔，为五百里罗浮抹上了生命的色彩。于是，景美了，石奇了，山活了，风动了，雾飘了，云涌了，雨多了，泉响了，人富了…… 一幅幅人与自然和谐美丽的图画令人陶醉，引人遐想。

三喻高纯尊贵。中国古代有崇尚黄色的传统，并以黄色最为尊色。所以，桂花最能代表这一寓意。桂花，树形挺秀端庄优美，桂花芳香馥郁，象征高纯尊贵。在罗浮山的每一个道观都种有桂花树，每逢金秋时节，一缕缕的桂花香气在道观中回荡。桂花不但香，而且美，青翠欲滴的绿叶间，镶嵌着一簇簇黄色的小花，真是“野密千层绿”、“花开万点红”，如繁星点点，分外妖娆，无怪乎前人要称誉桂花树“独占三秋压群芳”。冲虚观殿内有一株明代的丹桂树，桂子飘香，香远益清，衬托出古观的长盛不衰，道统源远流长。

四喻高洁无瑕。梅花与道教有着千丝万缕的联系，在道教中处于非常特殊的地位，它既是得道高士的化身，又几乎成了道教的代名词。梅花经苦寒而溢芬芳的本性与道教清修苦练的教旨相符。人道梅花是“水月精神玉雪胎，乾坤清气化生来”。梅花历来是高洁之士的象征，它那种不苟世俗、不惮威压、不媚权贵、坚贞不屈的气节，那种澄澈光明、独守清真、孤高卓绝、超尘脱俗的情怀，与道教崇尚淡薄适意、清静安宁、返璞归真、不为功名利禄所羁绊的境界是一致的。梅花那种耐苦寒、守孤寂、依然“香如故”的精神，也正是道教所追求的。

种梅、赏梅，是道教道士的习俗。《罗浮山志》载：“冲虚观殿阶古梅，传是葛洪手植，芳烈异于凡梅，铁干虬枝，坚瘦如削，真千年物。”可见，道观前面种梅，早在东晋咸和年间葛洪就开此先例。

自古以来，梅花是罗浮山一大特色景观。罗浮山的梅花，之所以盛名，因其有《赵师雄梦醉憩梅花下》的美丽传说：“隋开皇中（581—600），赵师雄迁罗浮。一日天寒日暮，于松间酒肆旁舍，见美人淡妆素服出迎。时已昏黑，残雪未消，月色微明。师雄与语，言极清丽，香气袭人。因与之扣酒家门共饮。少顷见一绿衣童来，笑歌戏舞。师雄醉寝，但觉寒风相袭。久之东方已白，起视乃在大梅树下，上有翠鸟啾嘈相顾。日落参差，但惆怅而已。今其处号梅花村。”此后，罗浮山的梅花村成为文人墨客到罗浮必凭吊之处。宋代大文豪苏东坡，一生宦海浮沉。宋绍圣元年因上书哲宗皇帝，再次贬谪岭南。一日，来到罗浮山中，想到隋开皇年间贬官赵师雄在荒郊松林间月下巧遇梅仙的故事，不觉神思恍惚，写下了著名的咏梅诗：“罗浮山下梅花村，玉雪为骨冰为魂。纷纷初疑月桂树，耿耿独与参横昏。”这里，既赞美了梅花冰清玉洁、清丽温婉的品格，也道出了诗人日暮天寒独对参星时的落寂与凄凉。苏东坡为什么对罗浮山的梅情有独钟？正是罗浮山梅花凌寒独自开的品格触动了他心灵深处的那根弦，情绪才会流露而出。

罗浮山神奇的自然景观和丰富的人文景观融为一体，其物华天宝兼人杰地灵的特质给世人留下了极大的想象空间。作为中华民族大好河山的瑰宝，令人神往。每当我走进钟灵毓秀、自然天成的罗浮山，漫步在庄严肃穆、高雅幽静的寺观园林时，她的玄妙、空灵和神韵，便在我的心中萦绕。

后　记

当我登上这座充满着神话传说，演绎着无尽故事的神奇大山时，惊奇的眼睛凝视着千年的风景，好奇的内心触摸着前世的遗迹，匆匆的脚步踩响相伴一路的斑驳遗韵，这神奇壮丽、气势磅礴的大山，给我留下了一份情缘，一份触动，一份冥思和一份想象。所以，我就很自然地留下“东樵意韵”。内心毫无其他，只想翻开罗浮山这本书读一读，满足一个心愿而已。同时，也将人生的感慨，融于大山，让自己的思绪一次次沉浸在这美妙的境界之中罢了。

宁静，是罗浮山的特性。在这里，见不到大城市的繁华，听不到都市疯狂的喧嚣，没有拥挤不堪的车流，闻不到毒害生灵的浊气。它那敦敦实实的从容之风骨，它那坦坦然然的清静之境地，汇聚成一个肃穆深邃的词汇——“稳重如山”。

神秘，是罗浮山的本质，它庄严肃穆而又神秘莫测：一座座山峦托起了罗浮的雄伟，一片片森林衬出了罗浮的美丽，一股股清泉绘出了罗浮的多彩，一处处风情成就了罗浮的名气！

罗浮山，因其宁静，又因其神秘，而受到造物主的宠爱，把它装点得如此多姿多彩，它似一首首激情满怀的诗文，如一幅幅色彩斑斓的画卷。

它那神秘的风采，它那包容的风度，它那刚毅的品格，虽经岁月沧桑，仍岿然不动。

罗浮山，以其独特魅力和无限情趣，招引八方游人顶礼膜拜、叹为观止。纷至沓来的文人雅士，围绕着大山，不知有多少色彩斑斓的梦，用他们的生花妙笔，将于大山中采撷的精美片段，编织成一个个故事，呈现于世。

也许，我是一位迟到者，然而，我已欣然徜徉在大山之中，吮吸着大山的精华，用心和笔记下了大山的点点滴滴，尽管有些粗糙，但我毫不吝惜，又不怕羞涩地，把《仙境罗浮》、《问道罗浮》和《诗意罗浮》作为读解“东樵意韵”的文本呈现给大家。

将钟爱于大山的情感倾注于笔端，将对罗浮山的诗情画意诉诸纸笺，这是我的初衷，也是我的永远……是我对大山和罗浮人民的无限热爱。

我读罗浮山，有一个从感性到理性飞跃的过程。

对罗浮山最初的向往，我在想象里读，是一种心灵的解脱；闲暇走进大山，我在真实里读，是一种理性的追求。我的形象思维和逻辑思维跟随大山，穿越历史时空，行走在千峰万仞之间，活跃于万绿丛中。我走进大山的深处，想象着这片山水的奇异景象，感觉那一座座山不是自然景观，而是一件件精美的艺术品，精湛的艺术和厚重的文化是山的灵魂。

罗浮山，这部厚重的书，何人能读懂？阅读这座大山，是一种寻找，是一种享受，是一种体验，是一种领略，是一种实践，是一种感慨。

我在寻找“孔子登东山而小鲁，登泰山而小天下”，那种极目楚天舒之境界；我在享受苏轼“水光潋滟晴方好，山色空蒙雨亦奇”，那种氤氲秀丽之雅趣；我在体验“不识庐山真面目，只缘身在此山中”，那种幡然彻悟之感受；

我在领略“明月出天山，苍茫云海间”，那种苍莽雄壮之气势；我在实践“青山遮不住，毕竟东流去”，那种气势磅礴之感慨。

《诗意罗浮》在撰写过程中，得到了很多朋友的关怀和支持，我深表谢意，同时再次感谢罗浮山管委会和博罗县县委办新闻信息室为本书提供的优质图片资料。

毛锦钦

2011 年 5 月 1 日于榕城